Дж. М. [illegible] 40 година. Завършва [illegible] ециалности – английс [illegible] дини работи в Англия като ко [illegible] д което е приет в Тексаския университет в Остин, от който получава докторска степен по английски език и лингвистика. Между 1984 до 2003 г. Кутси преподава в някои от водещите университети в САЩ: Харвард, Станфърд, Джонс Хопкинс, Чикагския университет и Университета на щата Ню Йорк.

Дж. М. Кутси е автор на петнайсет романа и няколко сборника с есета. Носител е на многобройни литературни награди, сред които *Tait Black Memorial Prize, Geoffrey Faber Memorial Prize, CNA Prize, Irish Times International Fiction Prize, Prix Femina Étranger, the Commonwealth Writers' Prize,* и *Jerusalem Prize for the Freedom of the Individual in Society.* Той е първият писател, удостоен два пъти с „Букър" – за „Живот и страдания на Майкъл К" (1983) и „Позор" (1999). През 2003 г. получава Нобелова награда за литература.

Освен като писател, Кутси работи активно като литературен критик и преводач от нидерландски и африкаанс. Виден критик на апартейда В Южна Африка. Отявлен защитник на правата на животните. Вегетарианец.

Надежда Радулова е родена през 1975 година. Завършва СУ „Св. Климент Охридски" и Централноевропейския университет в Будапеща. Превежда поезия и проза от английски език. Сред превежданите от нея автори са Хилда Дулитъл, Андрю Шон Гриър, Филип Рот, Марина Левицка, Джон Ръскин, Сам Савидж. Носител е на наградата за превод „Кръстан Дянков" (2009) за „Фирмин: приключенията на един беден градски плъх" (ИК Жанет 45). Автор е на четири поетически книги.

Издателска къща Жанет 45
е носител на националните награди:

Христо Г. Данов – за принос в националната книжовна култура:
в категория Българска художествена литература (2002);
в категория Издание за деца (2007);
в категория Изкуство на книгата (2008)
Бронзов лъв на Асоциация българска книга – за цялостен принос в издаването на съвременна българска литература (2002)
Специална награда на АБК за оформление и полиграфическо изпълнение (2005)
Константин Константинов – за принос в книгоиздаването за деца (2005)

и наградата на ЮНЕСКО – Първи световен конкурс по дизайн на книгата, Франкфурт (2003)

J. M. Coetzee

ISBN 978-954-491-601-5

ДЖ. М. КУТСИ

НОСИТЕЛ НА НОБЕЛОВА НАГРАДА ЗА ЛИТЕРАТУРА

ЖИВОТ И СТРАДАНИЯ НА МАЙКЪЛ К

ПРЕВОД ОТ АНГЛИЙСКИ НАДЕЖДА РАДУЛОВА

Войната е баща на всички и цар над всички.
Някои нарочва за богове, други – за хора.
Някои превръща в роби, други освобождава.

I

Първото, което акушерката забеляза, докато помагаше на Майкъл К да излезе от майка си и да влезе в света, беше заешката му устна. Накъдрена беше като краче на охлюв, а лявата ноздра зееше. Акушерката прикри за миг детето от майка му, разтвори малката едва напъпила устица и с благодарност отбеляза, че поне небцето е цяло.

На майката каза:

– Радвай се – такива деца носят късмет в семейството.

Но от самото начало Ана К не хареса устата, която не се затваряше, оголената пред очите ѝ жива розова плът. Потрепери при мисълта какво е израствало в утробата ѝ през всичките тези месеци. Детето не можеше да суче от гърдата и плачеше от глад. Опита се да го нахрани с биберон, а когато се оказа, че и така не успява да засмуче, взе лъжичка, но се вбесяваше, щом детето започнеше да се дави и да плюе, и да плаче.

– Ще се затвори като порасне – увери я акушерката. Устата обаче не се затвори, или поне не се затвори достатъчно, нито пък носът се изправи.

Майката започна да носи бебето със себе си на работа и продължи да го води, дори когато вече не беше бебе. Тъй като хихикането и шушукането на другите деца я нараняваше, тя държеше своето надалеч от тях. Година след година Майкъл К седеше върху одеялото, гледаше как майка му търка чуждите подове и се учеше да пази тишина.

Заради деформираното лице и не особено бързия си ум, след кратък пробен период Майкъл напусна училище и бе поверен на приюта „Хъйс Норениус“ във Форе, където на държавни разноски прекара остатъка от детството си в компанията на други нещастни деца с различни недъзи, заедно с които изучаваше основите на четенето, писането, смятането, метенето, търкането на подове, оправянето на легла, миенето на съдове, плетенето на кошници, копаенето и дърводелството. На петнайсет години си тръгна от „Хъйс Норениус“ и постъпи в отдел „Паркове и градини“ – общинска служба към Кейптаун – като градинар трета степен. Три години по-късно напусна „Паркове и градини“ и след кратък период на безработица, който прекара проснат в леглото с поглед, вперен в ръцете си, се хвана на работа като нощен пазач в градските тоалетни на Грийнмаркет скуеър. На път за дома една петъчна нощ беше нападнат в някакъв подлез от двамина мъже, които го пребиха, взеха му часовника, парите и обувките и го оставиха да лежи зашеметен, с прорезна рана в ръката, изкълчен палец и две счупени ребра. След този инцидент той заряза нощната работа и се върна в „Паркове и градини“, където постепенно се издигна, докато стана градинар първа степен.

Заради лицето си К нямаше приятелки. Най-добре се чувстваше сам. И двете работни места му бяха създали точна представа за самотата, макар че, докато работеше долу в тоалетните, често се чувстваше потиснат от блестящите неонови лампи, които осветяваха белите плочки и образуваха пространство без сенки. Парковете, които предпочиташе, бяха с високи ели и мрачни алеи, обрасли с агапантус*. Понякога в събота пропускаше да чуе обедния залп** и продължаваше да работи сам целия следобед. В неделя спеше до късно. А в неделните следобеди посещаваше майка си.

В една късна юнска утрин през трийсет и първата година от живота си, докато събираше опадалите листа в Парк Де Ваал, Майкъл К получи съобщение. Съобщението, предадено от трета ръка, беше от майка му: изписана от болница, тя го викаше да я прибере. К събра инструментите си и хвана автобуса до болницата „Съмърсет“, където намери майка си на една слънчева пейка близо до входа. Беше готова, облечена, само обувките ѝ стояха встрани. Когато видя сина си, тя се разплака, като прикриваше очи с ръка, за да не видят останалите пациенти и посетители.

Месеци наред Ана К страдаше от тежки отоци на ръцете и краката; впоследствие коремът ѝ също взе да се подува. Постъпи в болница, неспособна да се движи и със силно затруднено дишане. Прекара пет дена в някакъв коридор, препълнен с жертви на наръгвания, побои и огнестрелни рани, чиито стенания не ѝ даваха да заспи, а сестрите не я поглеждаха – нямали време да повдигат духа на някаква старица, когато наоколо млади мъже умирали от по-зрелищна смърт. Когато постъпи, я свестиха с кислородна маска, след което я лекуваха с инжекции и хапове, за да спаднат отоците. Помолеше ли за подлога, рядко някой ѝ обръщаше внимание. Не ѝ дадоха

---

* Африканска лилия. Б. пр.

** Историческа традиция за отбелязване на времето в Кейптаун от 1806 година насам. Всеки ден, без неделя и официалните празници, точно в дванайсет на обяд се произвежда оръдеен залп от Сигнал Хил (Сигналния Хълм). Б. пр.

болничен халат. Веднъж, докато се подпираше по стената, за да стигне до тоалетната, възрастен мъж със сива пижама я спря, започна да ѝ говори неприлични думи и разголи срамотиите си. Естествените ѝ нужди се превърнаха в източник на тормоз. Когато сестрите я питаха за хаповете, тя отговаряше, че ги пие, но най-често лъжеше. После, макар задухът да намаля, краката започнаха така да я сърбят, че се налагаше да ляга върху ръцете си, за да устои на порива да се дръгне. На третия ден вече умоляваше да я пуснат вкъщи, но очевидно не попадна на точния човек. Сълзите, които ронеше на шестия ден, бяха следователно до голяма степен сълзи на облекчение, че се маха от това чистилище.

На регистратурата Майкъл К помоли за инвалиден стол, но му отказаха. В ръка с чантата и обувките на майка си, той я подкрепи до автобусната спирка. Там се беше събрала дълга опашка. Разписанието, окачено на един стълб, обещаваше автобус на всеки петнайсет минути. Чакаха час, докато сенките се издължиха, а вятърът стана пронизващ. Тъй като ѝ беше трудно да стои права, Ана К седна на земята и се облегна на стената с протегнати напред крака като просякиня, а Майкъл остана да пази място на опашката. Когато автобусът пристигна, нямаше места. Майкъл се залови за една от дръжките и прегърна майка си, за да не залита. Докато стигнат до стаята ѝ в Сий Пойнт, стана пет часа.

През последните осем години Ана К работеше като прислужница в дома на пенсиониран производител на конфекция и съпругата му. Петстайният апартамент се намираше в Сий Пойнт и имаше изглед към Атлантическия океан. Според договора, тя отиваше в девет сутринта и оставаше до осем вечерта, с тричасова почивка на обяд. Работеше пет или шест дни в седмицата. Полагаше ѝ се платен двуседмичен годишен отпуск, както и стая в сградата. Заплащането беше прилично, работодателите – поносими, а и работа трудно се намираше, така че Ана К не беше недоволна. Преди година обаче при навеждане бе започнала да усеща световъртеж и стягане в гърдите. Оттогава се беше появила и воднянката. Семейство Бурман я оставиха да се занимава с готвенето, намалиха заплатата ѝ с една трета и наеха по-млада чистачка. Позволиха на Ана да задържи стаята, която така или иначе беше на тяхно разположение. Воднянката се влоши. Седмици преди да постъпи в болница, Ана остана прикована в леглото, неспособна да работи. Изпитваше ужас, че наближава краят на благотворителността на Бурман.

Стаята ѝ под стълбището на „Кот д'Азур" трябваше по план да има климатична инсталация, но такава не беше монтирана. На вратата имаше знак с череп и кръстосани кости, а под него пишеше: „Опасно за живота – Gevaar – Ingozi". Нямаше електричество, нито вентилация; постоянно миришеше на мухъл. Майкъл отвори вратата пред майка си, запали свещ и излезе навън, докато тя се приготви да си легне. Прекара същата вечер, както и всяка вечер от следващата седмица, с нея: топлеше ѝ супа на газовия котлон, грижеше се за удобството ѝ, доколкото можеше, вършеше всичко нужно и я утешаваше като я галеше по ръцете, когато тя изпадаше в поредния пристъп на плач. Една вечер автобусите от Сий Пойнт бяха спрели и се наложи да прекара цялата нощ в стаята ѝ, спейки на пода завит с палтото си. Посред нощ се събуди премръзнал до кости. Неспособен да заспи отново, възпрепятстван да си тръгне заради полицейския час, той дочака зората треперейки на един стол, докато майка му хъркаше и стенеше.

Майкъл К не хареса физическата близост, която дългите вечери в малката стая налагаха и на двамата. Гледката на подутите крака на майка му го разстройваше и той отвръщаше очи, когато ѝ помагаше да става. Бедрата и ръцете ѝ бяха покрити с драскотини (известно време нощем тя дори спеше с ръкавици). Но той не се отдръпваше от задълженията, приемаше ги за свой дълг. Въпросът, който беше го измъчвал зад велосипедния навес в „Хъйс Норениус“ преди години, а именно – защо се е появил на този свят, бе получил своя отговор: за да се грижи за майка си.

Успокоителните думи на сина не можеха да разсеят тревогите на Ана К за онова, което би се случило с нея, ако изгуби стаята си. През нощите, прекарани сред умиращите в коридорите на болница „Съмърсет“, беше осъзнала колко безразличен може да е светът към една старица с противна болест, по време на война. Неспособна да работи, тя виждаше, че от мизерията я дели една крачка – крачка, която зависеше от несигурното благоразположение на семейство Бурман, от предаността на смахнатия ѝ син и – в краен случай – от спестяванията, които държеше в дамска чанта, напъхана в куфар под леглото – в едно портмоне новата валута, в друго – старата, вече обезценена, която изпълнената с подозрителност старица не бе обменила навреме.

Затова и когато една вечер Майкъл се появи и заговори за съкращенията в „Паркове и градини“, Ана започна да прехвърля в ума си разни идеи, за които досега единствено беше си мечтала: да напусне града, който не ѝ обещаваше нищо добро и да се върне в тихата провинция на детството си.

Ана К беше родена във ферма в областта Принс Албърт. Баща ѝ, не особено уравновесен човек, имал проблем с алкохола и в ранните ѝ години често се местели от ферма във ферма. Майка ѝ била перачка, работела в кухните на различни семейства и Ана ѝ помагала. По-късно се преместили в Оудтшоорн*, където известно време Ана ходела на училище. След раждането на първото си дете тя пристигнала в Кейптаун. После родила второ дете от друг мъж, после трето, което умряло, после Майкъл. В спомените на Ана годините преди Оудтшоорн си оставаха най-щастливите в живота ѝ – дни на уют и изобилие. Спомняше си как седи в прашния кокошарник, докато пиленцата писукат и се пощят, и рови за яйца в храстите. Легнала в задушната си стая в дългите зимни следобеди, докато дъждът се стичаше по стъпалата отвън, тя си мечтаеше да избяга от равнодушната жестокост, от претъпканите автобуси, от опашките за храна, от арогантните магазинери, от крадците и просяците, от нощните сирени, от полицейския час, от студа и влагата и да се върне в родната провинция, където дори и да умреше, щеше да умре под синьо небе.

В плана си, който разкри пред Майкъл, тя не спомена нищо за смърт и умиране. Предложи му да напусне „Паркове и градини“ преди да го съкратят и да я съпроводи с влак до Принс Албърт, където възнамерявала да намери стая под наем, докато той си търси работа из фермите. Ако се окажело, че квартирата му е достатъчно голяма, щяла да остане при него и да поддържа домакинството. Ако ли не, щял да я посещава през уикендите. За да му докаже, че намеренията ѝ са сериозни, тя го накара да извади куфара изпод леглото и преброи пред очите му тестето нови банкноти, които – каза тя – били събирани тъкмо с тази цел.

---

* Град в провинция Западен Кейп, окръг Идън. Б. пр.

Очакваше Майкъл да я попита защо смята, че малък провинциален град ще приюти в пазвата си двама непознати, единият от които болна старица. Дори си беше подготвила отговор. Но Майкъл не се поколеба и за миг. Точно както бе вярвал през всичките години в приюта, че майка му го е оставила там по причина, която макар и неясна в началото, в даден момент ще се изясни, така и сега прие мъдрия ѝ план, без да задава въпроси. Той не обърна внимание на разпилените по юргана банкноти; по-скоро във въображението си съзря белосаната къща насред полето, коминът, който пуши, а на прага – майка си, усмихната и здрава, да го посреща у дома в края на дългия ден.

На следващата сутрин Майкъл не се яви на работа. С парите на майка му, навити на руло в чорапите, отиде до централното билетно бюро на гарата. Служителят му обясни, че с радост ще му продаде два билета до Принс Албърт или до най-близката точка (Принс Албърт или Принс Алфред – попита го той), но К да не се надява да се качи във влака без да има резервации за места и разрешително да напусне обявения за полицейска зона полуостров Кейп. Най-ранната резервация, която можел да му направи, била за осемнайсети август – след два месеца; що се отнася до разрешителното, трябвало да се обърне към полицията. К помоли за по-скорошна резервация, но напразно – състоянието на майка му не попадало в категорията „специални случаи", обясни му служителят и дори го посъветва въобще да не споменава за състоянието ѝ.

От гарата К направо отиде до Каледън скуеър, където прекара два часа на опашка зад една жена с хленчещо бебе. Дадоха му два комплекта с формуляри – един за майка му, един за него.

– Прикачете резервациите за влака към сините формуляри и ги занесете в стая Е-5 – каза му полицайката в приемната.

Когато валеше, Ана К постилаше под вратата стара хавлиена кърпа, да задържа водата. Стаята миришеше на талк и антисептик.

– Живея тук като крастава жаба под камък – прошепна тя. – Не мога да чакам до август – добави, закри с ръце лицето си, легна и се умълча. След малко К започна да се задушава от липсата на въздух. Отиде до магазина на ъгъла. Нямаше хляб.

– Няма хляб, няма мляко – каза продавачът. – Елате утре.

Майкъл купи биксвити и кондензирано мляко, после застана под тентата и се загледа в дъжда. На следващия ден занесе формулярите в стая Е-5. Увериха го, че разрешителните ще бъдат изпратени по пощата, когато му дойде времето, и то след като молбите бъдат разгледани и одобрени от полицейския участък в Принс Албърт.

Майкъл се върна в Парк ДеВаал, където му заявиха, както и очакваше, че ще бъде съкратен в края на месеца.

– Няма значение – каза той на шефа си, – така или иначе заминаваме, майка ми и аз.

Спомни си за посещенията на майка си в приюта. Понякога му носеше желирани бонбони, друг път – шоколадови бисквити. Разхождаха се заедно из игрището, после отиваха на чай в салона. В дните за посещения момчетата носеха най-хубавите си панталони в цвят каки и кафяви сандали. Някои от тях нямаха родители или пък бяха забравени. „Баща ми е починал, майка ми работи“ – обясняваше той за себе си.

Майкъл си направи гнездо от възглавници и одеяла в ъгъла на стаята и прекарваше вечерите сгушен в тъмното и заслушан в дишането на майка си. Тя спеше все повече и повече. Понякога той също заспиваше седнал и пропускаше автобуса. На сутринта се събуждаше с главоболие. През деня се шляеше из улиците. Всичко беше замряло, докато чакаха разрешителните, които така и не идваха.

В една ранна неделна сутрин той отиде в Парк Де Ваал и счупи ключалката на сайванта, в който градинарите държаха инструментите си. Взе няколко, плюс една количка, която изтъркаля до Сий Пойнт. Захвана се за работа в уличката зад жилищните сгради, развали една стара щайга и сглоби платформа, голяма около един квадратен метър, с повдигната задна част. После я привърза за количката с помощта на метална жица. Накрая се опита да придума майка си да я изведе на разходка.

– Въздухът ще ти се отрази добре – каза той. – Никой няма да види, след пет часа̀ отпред няма жив човек.

– Хората ще гледат от прозорците – отвърна тя. – Не искам да ставам за посмешище.

На следващия ден отстъпи. Нагласена с шапка, палто и чехли, тя изпълзя в късния сив следобед и позволи на Майкъл да я нагласи в количката. Прекосиха Бийч роуд и поеха по павираната променада край морето. Не срещнаха никого, освен една възрастна двойка – разхождаха куче. Ана К се стискаше от двете страни на платформата и вдишваше студения морски въздух, докато синът ѝ я буташе стотина метра надолу по променадата, после спираше, за да може тя да погледа как вълните се разбиват в скалите, буташе я още стотина метра, спираше отново, след което тръгнаха да се прибират. С тревога Майкъл забеляза колко тежка е тя и колко нестабилна е количката. В един момент така се наклони, че за малко да се преобърне.

– Полезно е да влезе малко свеж въздух в дробовете ти – каза той.

На следващия ден валеше и си останаха вкъщи.

На Майкъл му хрумна да направи ръчна количка с кош, върху чифт велосипедни колелета, но не се сещаше откъде да намери подходяща ос.

Един късен следобед през последната седмица на юни военен джип, движещ се с висока скорост по Бийч стрийт, блъсна младеж, който пресичаше улицата, и го изхвърли между колите, паркирали на тротоара. Самият джип зави рязко и спря в буренясалите ливади край „Кот д'Азур", където двамата пътници се спречкаха с разгневените приятели на младежа. Последва сбиване и не след дълго на мястото се събра тълпа. Хората разбиха паркираните коли и ги избутаха насред улицата. Сирените обявиха полицейския час, но никой не им обърна внимание. Линейката, която пристигна, ескортирана от моторизирана полиция, рязко зави точно пред барикадата от коли и потегли назад, обсипана с дъжд от камъни. От балкон на четвъртия етаж някакъв мъж започна да стреля с револвер. Тълпата се разбяга с крясъци, хората хукнаха към жилищните блокове по крайбрежната улица, втурнаха се по коридорите, блъскаха вратите, чупеха прозорци и лампи. Мъжът с револвера беше измъкнат от скривалището си, наритан до припадък и изхвърлен долу на паважа. Някои от живеещите в сградите предпочетоха да останат на тъмно зад заключени врати, други излязоха по улиците. Една жена беше затисната в края на коридора, а дрехите ѝ – разкъсани; друг пък се подхлъзна по аварийното стълбище и си счупи глезена. Разбиваха се врати, имуществото се разграбваше. Грабителите, които нахълтаха в апартамента точно над стаята на Ана К, свалиха пердетата, струпаха дрехите на пода, изпочупиха мебелите и запалиха огън, който макар и да не се разпростря, образува гъсти кълбета дим. На ливадите около „Кот д'Азур", „Кот д'Ор" и „Копакабана" хора от тълпата, някои от които мъкнеха купчини откраднати вещи, започнаха да мятат камъни от скалните градини по големите крайбрежни прозорци, докато едно стъкло не остана здраво.

Полицейска кола със светещ син буркан спря на около петдесет метра нагоре по променадата. Разнесоха се картечни изстрели; ответни куршуми полетяха иззад барикадата. Полицейската кола припряно даде заден ход, докато с викове и крясъци тълпата се оттегли надолу по Бийч роуд. Минаха още двайсет минути и падна мрак, преди полицейските части и отделът за борба с масовите безредици да овладеят положението. Те окупираха засегнатите сгради етаж по етаж, като не срещнаха никаква съпротива от страна на размирниците, които избягаха по задните улички. Един от грабителите – жена, която не бе успяла да избяга – простреляха на място. Полицаите претърсиха околните улици, събраха захвърлените вещи и ги струпаха на ливадите. По-късно през нощта жителите на сградите започнаха да ровят из купчините с фенерчета, за да възстановят собствеността си. В полунощ, тъкмо преди да се обяви приключването на операцията, един от размирниците беше открит с куршум в белия дроб, сгушен в неосветен ъгъл на алеята пред един от по-далечните блокове, след което бе отведен. Няколко полицаи останаха да охраняват и през нощта, а основните части се оттеглиха. В ранните сутрешни часове се надигна вятър и заваля проливен дъжд, който биеше през счупените прозорци на „Кот д'Азур", „Кот д'Ор" и „Копакабана", както и на Егремонт и Малибу Хайтс, които досега бяха символизирали сигурност и уют за пътуващите от изток на запад покрай нос Добра надежда търговски кораби, плющеше по завесите, мокреше килимите, а някъде дори наводняваше цели апартаменти.

По време на тези събития Ана К и синът ѝ се спотайваха като мишки под стълбите и не помръднаха дори когато помирисаха дима и дори когато тежки ботуши откънтяха по коридора и някаква ръка се опита да отвори заключената врата. Двамата не можеха да предположат, че безредиците, писъците, изстрелите, трошенето на стъклата обхващат само няколко съседни сгради: седнали един до друг в леглото, едва се осмеляваха да разменят няколко думи шепнешком и бяха убедени, че истинската война е дошла в Сий Пойнт и ги е открила. Дълго след полунощ, когато майка му най-сетне се унесе, Майкъл продължи да седи с наострен слух, да се взира в ивицата сивкава светлина под вратата и да диша едва-едва. Когато майка му захърка, той я сграбчи за рамото, за да я накара да спре.

И така, подпрял гръб на стената, накрая успя да заспи. Когато се събуди, светлината на прага беше по-ярка. Отключи вратата и изпълзя навън. Коридорът бе обсипан с парчета стъкло. На входа на блока двамина войници с каски седяха на шезлонги с гръб към него и гледаха дъжда и сивото море. К се промъкна обратно в стаята на майка си и легна да спи на рогозката.

По-късно същия ден, когато жителите на „Кот д'Азур" взеха да се връщат, за да се справят с бъркотията в домовете си, да опаковат вещите си или просто да съзерцават щетите и да плачат, и когато дъждът вече беше спрял, К отиде до мисията „Свети Йосиф" на Олифант роуд в Грийн Пойнт, където едно време човек можеше да хапне топла супа и да се подслони за една нощ без да бъде разпитван, и където се надяваше временно да настани майка си – далече от опустошената сграда. Но гипсовата статуя на Свети Йосиф с брадата и с всичките му там атрибути беше изчезнала, бронзовата плоча на портата липсваше, а капаците на прозорците бяха спуснати. Майкъл потропа на съседната врата и чу подът да проскърцва, но така и никой не му отвори.

Прекосявайки всеки ден града на път за работа, К се сблъскваше с армията бездомни и мизерстващи хора, които през последните години бяха завзели улиците в централния район, където просеха, крадяха, редяха се на опашки пред агенциите за социална помощ или просто седяха по коридорите на обществените сгради, за да се топлят, а нощем намираха подслон в изоставените складове на пристанището или из множеството блокове с безстопанствени имоти над Брии стрийт, в които никога не стъпваше полицейски крак. В годината преди властите най-накрая да установят контрол върху движението на поданиците, Кейптаун бе наводнен от преселници от провинцията, които търсеха каквато и да било работа. Градът вече не предлагаше нито работа, нито подслон. Ако с майка му изпаднеха в морето от гладни гърла, помисли си К, щяха ли въобще да имат някакъв шанс? Колко дълго щеше да издържи да я бута в количка по улиците и да проси храна? Цял ден се скита безцелно и се върна в стаята, увесил нос. За вечеря сложи супа, сухари и консервирана сардела, като закачи одеяло пред котлона, за да не привлече светлината вниманието на някого отвън.

Всичките им надежди се съсредоточиха в разрешителното, което щеше да им позволи да напуснат града. Но пощенската кутия на семейство Бурман, до която полицията щеше да изпрати разрешителното, ако въобще някога го пратеше, беше заключена, а след нощта на размириците изпадналите в шок Бурман бяха отведени от приятели, без да кажат кога ще се върнат. Ана К изпрати сина си в апартамента им с инструкции да намери ключа за кутията.

Никога преди К не беше влизал в апартамента. Там цареше хаос. В наводнената от пороите стая прогизнали се търкаляха мебели, изтърбушени дюшеци, парчета стъкло и порцелан, изсъхнали цветя в саксии, мокри постелки и килими. По подметките му полепна странна пихтия от тесто за кейк, зърнена закуска, захар, слама и пръст от котешка тоалетна. Хладилникът в кухнята беше преобърнат върху вратата си, моторът му продължаваше да бръмчи, жълтеникава пяна се процеждаше през пантите му и се събираше по плочките на пода, залети с над сантиметър вода. Бурканчетата бяха пометени от рафтовете; вонеше на вино. Някой беше написал със спрея за почистване на фурна върху ослепително бялата стена: ДА ГОРИТЕ В АДА.

Майкъл убеди майка си да дойде и сама да види погрома. Не се беше качвала в апартамента от два месеца. Застана на прага на дневната, стъпила върху дъска за хляб, а очите ѝ се напълниха със сълзи.

– Защо са го направили? – прошепна тя. Не пожела да надникне в кухнята. – Такива добри хора! Не знам как ще го преживеят!

Майкъл ѝ помогна да се върне в стаята си. Но тя не можеше да се успокои и постоянно питаше къде са отседнали семейство Бурман, кой ще почисти, когато се приберат.

Майкъл я остави и се качи отново в съсипания апартамент. Намести хладилника, изпразни го, събра счупените стъкла в ъгъла, попи част от водата. Напълни шест чувала с боклук и ги подреди до входната врата. На една страна остави храната, която все още ставаше за ядене. Не се и опита да чисти дневната – само доколкото можа прикова завесите над зеещите прозорци. Правя каквото правя заради майка си, а не заради старците – каза си той.

Ясно беше, че докато прозорците не се поправят и килимите, които започваха вече да смърдят, не се изхвърлят, Бурманови не можеха да живеят тук. Въпреки това идеята да се настани в апартамента не му хрумна, докато не видя банята.

– Само за една-две нощи – умоляваше майка си той, – колкото да можеш да поспиш сама. Докато решим какво да правим оттук нататък. Ще преместя един диван в банята. На сутринта ще върна всичко на място. Обещавам. Никога няма да разберат.

И той пренесе дивана в банята, като го зави с чаршафи и покривки за маса. Постави парче картон в рамката на прозореца и запали лампата. Имаше топла вода; изкъпа се. На сутринта заличи следите. Появи се пощальонът. Нямаше нищо за семейство Бурман. Валеше. Майкъл излезе навън, седна под навеса на автобусната спирка и загледа дъжда. Когато по-късно следобед стана ясно, че Бурманови няма да си дойдат, той се върна в апартамента.

Валеше ден след ден. Ни вест от Бурман. К измете най-гнусната част от водата на балкона и отпуши отточния канал. Макар че в апартамента ставаше постоянно течение, миризмата на мухъл се усилваше. Майкъл почисти пода в кухнята и свали торбите с боклук долу.

Започна да прекарва в дома на Бурман не само нощите, но и дните. В кухненския шкаф откри купчини списания. Лежеше в леглото или във ваната и прелистваше страниците с красиви жени и изкусителни храни. Храната поглъщаше вниманието му повече от всичко друго. Показа на майка си снимка на сочна флейка свинско печено, гарнирана с череши и кръгчета ананас, сервирана с купичка малини със сметана и сладкиш с касис.

– Никой вече не се храни така – каза майка му. Той не се съгласи:

– Прасетата не знаят, че има война – въразиѝ. – Ананасите не знаят, че има война. Храната си расте. Все някой трябва да я яде.

Майкъл отиде в пансиона, в който бе живял и плати последния наем.

– Напуснах работа – обясни на портиера. – С майка ми заминаваме да живеем в провинцията, далече от всичко. Само чакаме разрешителните.

И той си взе куфара и велосипеда. Спря на битака и купи стоманен прът, дълъг един метър. Количката с коша за сядане стоеше, където я бе оставил – в уличката зад блока. Сега Майкъл се върна към проекта си да направи количка като използва колелетата на велосипеда, за да може да разхожда майка си. Но макар лагерите отлично да съвпаднаха с новата ос, той не можа да се справи със закрепването на колелата. Цели часове си игра да прави втулки от метална жица. Накрая се отказа. Все нещо ще ми хрумне – рече си и остави разглобения велосипед в кухнята на Бурман.

Сред вещите в дневната имаше и едно транзисторно радио. Стрелката му беше заседнала в края на скàлата, батериите бяха слаби и скоро Майкъл се отказа да се занимава с него. Но като ровеше в кухненските чекмеджета, намери кабел, с който успя да включи радиото в мрежата. Сега вече можеше да си лежи на тъмно в банята и да слуша музика от другата стая. Понякога това го приспиваше. Будеше се сутрин, а музиката продължаваше да звучи, или пък долиташе говор на език, от който не разбираше ни дума, освен имената на далечни места: Вакърструъм, Питербург, Кинг Уилиямс Таун. Понякога се улавяше да си тананика наум.

След като прегледа списанията, Майкъл започна да прелиства старите вестници, струпани под умивалника – толкова бяха стари, че не си спомняше нито едно от събитията, за които ставаше дума, макар да разпозна няколко имена на футболисти. ЗАЛОВЕН Е УБИЕЦЪТ ОТ КАМИСКРУЪН – беше едно от заглавията, а под него се мъдреше снимка на мъж с белезници и с разкъсана бяла риза, застанал между двама изпъчени полицаи. Макар че заради белезниците убиецът се беше привел, все пак гледаше в камерата с усмивка, която според К изразяваше нещо като тиха победа. Отдолу имаше още една снимка – пушка с каиш за мятане през рамо, заснета на черен фон, под която пишеше „Оръжието на убиеца“. К откъсна страницата и я закачи на хладилника. Всеки път, когато в следващите дни вдигнеше поглед от непрестанната си работа над колелетата, очите му срещаха очите на мъжа от Камискруън, където и да се намираше това.

От нямане какво да прави Майкъл се зае да суши просмуканите с вода книги на семейство Бурман, като ги окачи на въже в дневната. Но процесът се оказа прекалено бавен и той изгуби интерес. Никога не беше обичал книги, така че нямаше какво да привлече вниманието му в истории за войници или за жени с имена като Лавиния, макар че все пак прекара известно време да разлепва страниците на илюстровани издания за Йонийските острови, Испания на маврите, езерата на Финландия, Бали и други места по света.

Една сутрин Майкъл се стресна от скърцането на входната врата, при което се оказа лице в лице с четирима мъже в работни комбинезони, които минаха покрай него без да кажат дума и започнаха да изпразват апартамента. К припряно взе да прибира частите на велосипеда си. Майка му се дотътри по халат и спря един от мъжете на стълбите.

– Къде е господарят? Къде е мистър Бурман? – попита тя.

Мъжът вдигна рамене. К излезе на улицата и заговори шофьора на камиона.

– Мистър Бурман ли ви праща? – попита.

– А ти как смяташ, приятел? – отвърна шофьорът.

Майкъл помогна на майка си да се върне в леглото.

– Не мога да разбера защо нищичко не ми казаха – чудеше се тя. – Какво да правя, ако някой почука на вратата и ми нареди веднага да се изнеса, за да настани прислужницата си? Къде да отида?

Майкъл прекара дълго време седнал до нея. Галеше ѝ ръката и слушаше оплакванията ѝ. След това взе двете велосипедни колела, металния прът и инструментите си, излезе на уличката и си избра едно слънчево местенце, където да седне и да продължи да си блъска главата как да направи така, че колелата да не превъртат. Работи цял следобед. Вечерта с помощта на ножовка успя старателно да прокара връв от край до край на пръта, около който да затегне скобите. После закрепи колелетата за оста между скобите, така че му оставаше само да навие жица, която да държи скобите, хванати за колелетата, и проблемът изглеждаше разрешен. Едва хапна и поспа през нощта – нямаше търпение да продължи работата си. На сутринта разглоби старата количка с платформа и седалка и я сглоби отново, този път като тесен триъгълен кош с две дълги дръжки, които застопори над оста с помощта на жица. Сега вече се получи малка рикша, която, макар и не особено стабилна, щеше да издържи майка му. Същата вечер, когато студеният северозападен вятър прогони от улиците всички, освен най-упоритите, Майкъл изведе майка си, увита в палто и одеяло, и я заведе на разходка по брега, с което върна усмивката на устните ѝ.

Моментът беше настъпил. Веднага щом се прибраха в стаята, той ѝ разказа за плана, който се въртеше в главата му още откакто построи първата количка. Само си губели времето да чакат разрешителните – каза ѝ той. Никога нямало да пристигнат. А без разрешителни не можеха да пътуват с влак. Във всеки момент можело да ги изхвърлят от стаята. Няма ли да му позволи да я отведе в Принс Албърт с количка? Нима не се е убедила колко е удобно? Влажното време не бе полезно за нея, нито пък постоянните тревоги за бъдещето. Веднъж само да стигнат до Принс Албърт и тя ще си възвърне здравето. Щяха да пътуват най-много ден-два. Имаше разбрани хора – щяха да ги вземат по пътя.

Цели часове се опитва да я убеждава, удивен от находчивостта, с която я умоляваше. Как си представял, че тя може да спи на открито посред зима – противопостави се майка му. С малко повече късмет – отвърна той – ще стигнат до Принс Албърт за един ден. Това са не повече от пет часа път с кола. Но какво ще стане, ако завали? – попита тя. Ще постави навес над количката – отвърна той. Ами ако полицията ги спре? Със сигурност полицията си има друга по-важна работа, отколкото да спира двама невинни пътници, които не искат друго, освен да напуснат един пренаселен град – настояваше той.

– Защо им е на полицаите да ни принуждават да спим по чуждите веранди, да просим по улиците и да създаваме безредици?

Толкова беше убедителен, че накрая Ана К отстъпи, но само при две условия: той да отиде за последно в полицията и да разбере дали разрешителните са готови, а тя да се подготви за пътуването, без да трябва да бърза. Майкъл с радост прие.

На следващата сутрин, наместо да чака автобуса, който можеше и да не дойде, той потегли на бегом по главния път към центъра на града, като се радваше на здравото си сърце и яките си крайници. Вече имаше куп хора, които се редяха под табелата HERVESTIGING-ПРЕСЕЛВАНЕ. Мина час преди самият той да стигне до гишето, от което го гледаше бдителна полицайка.

Извади двата билета за влака.

– Просто искам да попитам дали разрешителните са готови?

Полицайката му подаде познатите формуляри.

– Попълнете ги и ги занесете в Е-5. Носете билетите и резервациите – погледна тя през рамото на К към следващия на опашката. – Ясно ли е?

– Не – опита се да привлече вниманието ѝ К. – Вече подадох документи за разрешително. Дошъл съм да разбера дали е готово.

– Преди да получите разрешително, трябва да имате резервация! Имате ли такава? За коя дата е?

– За осемнайсети август. Но майка ми…

– Има цял месец дотогава! Ако сте подали документи за разрешително и ако разрешителното ви е готово, ще го получите по пощата. Следващият!

– Точно това искам да разбера! Защото ако не получа разрешително, трябва да измисля друг вариант. Майка ми е болна…

Полицайката удари по масата, за да го накара да млъкне.

– Не ми губете времето! За последен път ви казвам – *ако молбата ви е одобрена, ще получите разрешително!* Не виждате ли колко хора чакат? Не разбирате ли? Идиот ли сте? *Следващият!* – подпря се тя на масата и втренчи поглед през рамото на К. – *Следващият. Вие сте на ред!*

Но К не се помръдна. Дишаше учестено, гледаше вторачено. Полицайката неохотно се обърна към него, към редките мустаци, които не скриваха оголената плът на обърнатата му устна.

– *Следващият!* – повтори тя.

На другия ден Майкъл вдигна майка си преди изгрев слънце и докато тя се обличаше, подготви количката, натрупа в коша одеяла и възглавници и привърза куфара за двете странични дръжки. Количката беше снабдена с черна найлонова качулка, с която приличаше на висока бебешка количка. Когато майка му я видя, спря на място и поклати глава.

– Не знам, не знам, не знам – възкликна.

Наложи се да я убеждава да се качи – това отне доста време.

Осъзна, че количката не е достатъчно голяма. Можеше да издържи тежестта ѝ, но трябваше да седи сгъната вътре, без да може да движи крайниците си. Майкъл зави краката ѝ с одеяло и сложи отгоре пакет с храна, газовия котлон, една добре опакована газова бутилка и някакви дрехи. В съседния блок светна лампа. Чуваха как вълните се разбиват в скалите.

– Само ден-два – прошепна той – и ще стигнем. Ако е възможно, недей много да се въртиш вътре.

Ана К кимна, но продължи да крие лицето си във вълнените ръкавици. Наведе се над нея:

– Искаш ли да останем, мамо? Ако искаш да останем, ще останем.

Но тя поклати глава. И така, Майкъл нахлупи шапката си, вдигна дръжките и подкара количката по мъгливия път.

Избра най-краткия маршрут – покрай пустеещите терени около старите нефтени цистерни, където тъкмо бяха започнали да събарят изгорелите сгради, покрай пристанищния квартал и почернелите скелети на складовете, които през последните години се бяха превърнали в свърталище на уличните банди. Никой не ги спря. Всъщност неколцина от минувачите, които срещнаха в този ранен час, ги удостоиха с поглед. По улиците изникваха все по-странни превозни средства – пазарски колички с допълнително монтирани лостове за управление, триколки с кошове над задната ос, кошници, закрепени върху колесник, щайги на колелца за маса, тарги с всякаква големина. Едно магаре можеше да донесе осемдесет нови ранда* на собственика си; каруца с колелета – над сто.

К поддържаше равен и стабилен ход, като спираше на всеки половин час, за да разтрие студените си ръце и да раздвижи сковани си рамене. В мига, в който настани майка си в количката в Сий Пойнт, осъзна, че целият багаж, струпан в предната част, е дебалансирал оста. Колкото повече майка му се смъкваше напред в коша, за да заеме по-удобна поза, толкова повече нарастваше инертната маса, която се налагаше да повдига. Майкъл се опитваше да се усмихва през цялото време, за да скрие нарастващото си усилие.

– Един път да излезем на шосето – пъшкаше той, – все някой ще спре да ни качи.

По пладне прекосиха призрачната индустриална зона на Паарден Айланд. Двама работници, които седя-

---

* Ранд – паричната единица на ЮАР. Б. пр.

ха на някаква стена и ядяха сандвичите си, мълчаливо ги изгледаха. Под краката им с избелели черни букви се четеше: БУМ-ТРЯС. К усещаше, че ръцете му отмаляват, но продължи да крачи още половин миля. Там, където пътят минаваше под Блек Ривър Паркуей, той помогна на майка си да слезе и я настани на тревата до моста. Обядваха. К остана изненадан от пустите шосета. Цареше такава тишина, че можеше да чуе песента на птиците. Легна по гръб в тучната трева и затвори очи.

Внезапно боботене във въздуха го изправи на крака. Най-напред реши, че някъде в далечината се надига буря. Шумът обаче се усилваше и удряше на приливи в основите на моста над тях. Отдясно, откъм града, бавно се зададоха две двойки униформени мотоциклетисти, запасани с пушки, следвани от бронирана кола с артилерист отпред. Зад тях се точеше дълга и разнородна процесия от тежкотоварни коли, най-вече празни камиони. К изпълзя до майка си; седнали един до друг те наблюдаваха гледката, съпроводена от грохот, който сякаш втвърдяваше въздуха. Минаха минути преди конвоят да се изтегли. Последни в процесията бяха група автомобили и по-леки камиони, както и маслиненозелен военен камион с брезентово покривало, под което седяха два реда войници с каски. Накрая мина и още една двойка мотоциклетисти. Един от мотоциклетистите в началото на колоната бе изгледал К и майка му. А сега последните двама се отделиха от конвоя. Първият остана да чака на пътя, вторият се приближи към тях. Вдигна каската си и им извика:

– Забранено е да се спира на магистралата. С това ли се придвижвате? – погледна той количката.

К кимна.

– Накъде сте тръгнали?

К прошепна нещо, изкашля се и повтори:

– Към Принс Албърт. Окръг Кару.

Мотоциклетистът подсвирна, леко разклати количката и извика нещо на колегата си. После се обърна към К.

– Надолу по пътя, точно зад завоя, има контролно-пропускателен пункт. Трябва да спрете и да си покажете разрешителното. Нали имате разрешително да напуснете полуострова?

– Да.

– Нямате право да напуснете полуострова без разрешително. Вървете на пункта и им покажете разрешителното и всички документи. И хубаво ме чуйте – ако искате да спирате на магистралата, отидете петдесет метра встрани от пътя. Такова е правилото – петдесет метра встрани от пътя. Иначе може да ви застрелят без предупреждение, без въпроси. Ясно ли е?

К кимна. Мотоциклетистите потеглиха с пълна газ, за да настигнат конвоя. К се страхуваше да погледне майка си.

– Трябваше да изберем по-спокоен път – каза той.

Можеше веднага да обърне и да тръгне назад, но с риск да бъде унизен за втори път, помогна на майка си да се качи и добута количката до старите хангари, където наистина стоеше паркиран някакъв джип, около който трима войници запарваха чай на походен примус. Молбите на Майкъл бяха напразни.

– Имате ли разрешително? Да или не? – настояваше командирът. – Не ме интересува кой си ти и коя е майка ти. Ако нямате разрешително, не можете да напуснете района. Точка.

К се обърна към майка си, която безизразно гледаше младия войник изпод черния навес. Войникът размаха ръце:

– Не ми създавайте проблеми! – разкрещя се той. – Просто вземете разрешително и ще ви пусна! – Той не откъсна поглед от К, докато К не повдигна дръжките и не премина с количката под някакъв свод. Едното от колелетата започна да се криви.

Нощта беше паднала, когато стигнаха до светофарите, бележещи началото на Бийч роуд. Барикадите, издигнати на пътя по време на обсадата на жилищните блокове, бяха избутани на ливадите. Ключът си седеше на вратата под стълбището. Намериха стаята както я бяха оставили – старателно изметена за следващия наемател. Анна К легна с палтото и чехлите върху голия дюшек; Майкъл внесе багажа. Пороен дъжд бе измокрил възглавниците.

– Ще пробваме пак след ден-два, мамо – прошепна той. Тя поклати глава.

– Мамо, разрешителните няма да дойдат! Пак ще опитаме, но следващия път ще се движим по страничните пътища. Не могат да блокират всички изходи.

И Майкъл седна до нея на дюшека и остана там, с ръка върху нейната, докато тя заспа. След това се качи в апартамента на Бурман, за да си легне на пода.

Два дни по-късно двамата отново потеглиха, като този път тръгнаха от Сий Пойнт цял час преди зазоряване. Нямаше я тръпката на първото пътуване. Сега К знаеше, че е възможно да прекарат много нощи под открито небе. А и майка му беше изгубила желанието си да пътува до далечни места. Оплакваше се от болки в гърдите и седеше нацупена и сърдита в коша зад найлоновата престилка, която К беше прострял пред нея да я предпазва от дъжда. С бърза крачка и колелета, свистящи по мокрия асфалт, той следваше нов маршрут: през центъра на града, по Сейнт Лоури роуд и Мейн роуд, над железопътния мост Моубрей и покрай някогашната Детска болница към стария Клипфонтейн роуд. Тук, където само една разрушена ограда ги делеше от картонените колиби, изникнали на голф-игрището, те направиха първата си спирка. След като се нахраниха, К застана на пътя, като придържаше майка си с една ръка, и започна да маха на преминаващите коли. Нямаше голямо движение. Три малки камиона с телена мрежа на стъклата и фаровете профучаха покрай тях в плътна колона. След това премина каруца – червеникавокафявите essкончета бяха окичени със звънчета, а отзад седяха тумба деца, които им се присмиваха и им правеха знаци. Мина доста време, докато се появи следващата кола – камион, който спря пред тях, а шофьорът им предложи да ги закара до циментовия завод и дори помогна на К да качи отзад количката. Разположен удобно и на сухо в кабината, К отброяваше с крайчеца на окото километрите и когато сръга с лакът майка си, тя му отвърна с наперена усмивка.

Това беше единственият им късмет за деня. Цял час чакаха пред циментовия завод, но въпреки потока от пешеходци и велосипедисти, единствените превозни средства бяха камионите, обслужващи канализацията. Слънцето залязваше, излезе бръснещ вятър, К качи количката на пътя и отново потегли. Помисли си, че може би е по-добре, когато човек не разчита на другите. След първото пътуване бе изместил оста няколко сантиметра напред и сега количката му се струваше лека като перце. Както вървеше напред, настигна някакъв мъж, който буташе количка, пълна с клони, и го поздрави преди да отмине. Под малкия тъмен навес, закрепен между високите страници на количката, майка му седеше със затворени очи и клюмнала напред глава.

Мъглива луна изплуваше иззад облаците, когато на половин миля от главния път К спря, помогна на майка си да слезе и потъна в гъстите шубраци на Порт Джаксън да търси място за нощуване. В този свят от разклоняващи се корени, влажна пръст и слабо ухание на гниеща растителна маса нито едно място не изглеждаше по-защитено от друго. К се върна на пътя, треперещ.

– Не е много хубаво, но една нощ все ще издържим.

И той скри количката, доколкото можа. После хвана майка си с една ръка, понесе куфара с другата и взе да проправя път през шубраците.

Хапнаха студена храна и се разположиха в легло от листа, през което влагата осезаемо проникваше в дрехите им. В полунощ заваля слаб дъждец. Двамата се сгушиха един в друг под някакъв храст, докато дъждът се стичаше по одеялото, което държаха над главите си. Когато одеялото се напои цялото, Майкъл изпълзя с лакти и колене до количката и донесе найлоновата престилка. Облегна майчината глава на рамото си и чу затрудненото ѝ повърхностно дишане. Чак сега му хрумна, че причината, поради която беше престанала да се оплаква, може би се криеше в изтощението и в обзелото я безразличие.

Намерението му бе да тръгнат много рано сутринта, за да стигнат отбивката за Стеленбош и Паарл преди да се развидели. Но призори майка му продължаваше да спи до него и сърце не му даваше да я събуди. Времето се постопли и самият той се унесе. Утрото напредваше, когато К помогна на майка си да прекоси храсталаците и я изведе на пътя. В момента, в който товареха прогизналия си багаж обратно в количката, се появиха двама минувачи, които – при вида на изпосталял мъж и старица – заключиха, че могат безнаказано да ги оберат. За да заяви намеренията си, единият от непознатите извади от ръкава си касапски нож и го показа на К, а другият сложи ръка върху куфара. В мига, в който острието проблясна, К си представи как отново го унижават пред очите на майка му, как след това се тътри зад количката обратно към Сий Пойнт, как седи на пода в стаята, запушил уши, и ден след ден понася бремето на нейното мълчание. Протегна се и измъкна от багажа единственото си оръжие – половинметровия железен прът, останал от оста. Вдигна го с дясната ръка, с лявата си прикри лицето, за да го предпази и настъпи към младежа с ножа, който се отдръпна към спътника си, докато Ана К раздираше въздуха с писъци. Непознатите отстъпиха. Безмълвно, все още вторачен в тях, вдигнал заплашително желязото, К взе куфара и помогна на майка си да се качи, докато крадците пристъпваха от крак на крак на десетина метра от тях. След това Майкъл извлече количката на шосето и бавно я подкара. Известно време двамата непознати се влачиха след тях и отправяха безмълвни заплахи към К, като се плезеха и правеха неприлични знаци. После изведнъж се шмугнаха в храстите и изчезнаха така ненадейно, както се бяха появили. По магистралата не минаваха никакви превозни средства, затова пък се движеха много хора – вървяха там, където преди не беше стъпвал човешки крак, по средата на шосето, облечени в най-хубавите си дрехи. Отстрани на пътя избуяваха плевели, високи до гърдите; самата настилка беше напукана и от пукнатините се подаваше трева. К настигна три деца – сестри, облечени в еднакви розови дантелени рокли, които отиваха на църква. Те изгледаха малкото возило на мисис К и я заговориха. В последния участък от пътя, преди Майкъл да завие към Стеленбош, най-голямото момиче подържа ръката на мисис К. На раздяла Ана К извади портфейла си и даде по монета на всяко дете.

Децата им бяха казали, че в неделя не минават конвои, ала по пътя за Стеленбош покрай тях премина фермерски конвой – редица от малки камиони и коли, предвождани от голям брониран камион, в чиято каросерия стояха двама мъже с автомати и оглеждаха внимателно полето. К се отдръпна встрани, докато минат. Пътуващите по шосето им хвърляха любопитни погледи; децата ги сочеха и им говореха неща, които К не можеше да чуе.

Назад и напред се простираха лозя с окапали листа. Ято врабчета се материализираха като че ли от самото небе, кацнаха за миг в околните храсти и отново изхвърчаха. Откъм полето се разнесе звънът на църковните камбани. К си спомни за „Хъйс Норениус" – как седеше в леглото в приюта, удряше по възглавницата и гледаше танца на слънчевите прашинки.

По тъмно влязоха в Стеленбош. Улиците бяха празни, вееше студен вятър. К не беше помислил къде ще спят. Майка му кашляше; след всеки пристъп се задушаваше. Спряха в някакво кафене и Майкъл купи пирожки с къри. Изяде три от тях, майка му – една. Нямаше апетит.

– Дали да не потърсим доктор? – попита той.

Тя поклати глава и потупа гърдите си:

– Просто гърлото ми е пресъхнало – отвърна. Изглежда очакваше на другия ден, или най-много след два дни, да пристигнат в Принс Албърт. Майкъл не искаше да я обезсърчава.

– Забравих истинското име на фермата – каза тя. – Трябва да попитаме, хората ще я знаят. От едната страна на пристройката имаше кокошарник – дълъг кокошарник, а на хълма – помпа. Къщата ни се намираше на склон. Пред задния вход имаше кактус. Това място трябва да търсиш.

Пренощуваха на улицата върху легло от струпани един върху друг разгънати кашони. Майкъл вдигна дългата страна на един кашон като навес над леглото им, но вятърът го отнесе. Майка му кашля цяла нощ и не го остави да заспи. По едно време покрай тях бавно мина полицейска патрулка и се наложи К да запуши устата на майка си.

На зазоряване я настани обратно в количката. Главата ѝ клюмаше; не осъзнаваше къде се намира. Майкъл спря първия човек, когото срещна и попита за болница. Ана К вече не можеше да седи облегната, а щом се свлечеше, К едва успяваше да удържи количката да не се преобърне. Майка му имаше треска, едва дишаше.

– Гърлото ми е толкова сухо – шепнеше тя. Но кашлицата ѝ беше влажна.

В болницата К седна до нея и я подпря на рамото си, докато чакаха да ѝ дойде редът. В следващия момент я видя да лежи на носилка сред море от носилки, с тръбичка в носа и в несвяст. Тъй като не знаеше какво да прави, започна да се шляе из коридора, докато не го отпратиха. Прекара следобеда в двора, припичайки се на слабото зимно слънце. Два пъти се промъкна да провери дали носилката е преместена. На третия път се доближи до нея и се надвеси над майка си. Стори му се, че не диша. Сърцето му се сви от страх, изтича при сестрата на регистратурата и я дръпна за ръкава:

– Моля ви, елате бързо!

Сестрата го отблъсна:

– Кой сте вие? – изсъска.

Последва го до носилката и провери пулса на майка му, като се взираше в празното. Без да каже дума се върна на регистратурата. К застана пред нея като безсловесно куче, докато тя записваше нещо. Обърна се към него.

– Сега ме чуйте – прошепна тя строго. – Виждате ли хората тук? – посочи към коридора и отделенията. – Всички те чакат да им се обърне внимание. Работим по двайсет и четири часа в денонощието, за да смогнем. Когато си тръгвам от смяна... не, чуйте ме, къде тръгнахте! – този път тя го дръпна за ръкава, гласът ѝ се извиси, лицето ѝ се приближи до неговото и той видя как очите ѝ се изпълниха с гневни сълзи. – Когато си тръгвам от смяна съм толкова изморена, че не мога да ям. Просто падам и заспивам с обувките на краката. Един човек съм. Не двама, не трима – един. Разбирате ли? Или е прекалено трудно за разбиране?

К отмести поглед встрани.

– Съжалявам – измънка, защото не знаеше какво друго да каже, и се върна в двора.

Куфарът беше останал при майка му. Нямаше други пари, освен рестото от предишната им вечеря. Купи си поничка и пи от чешмата в двора. Разходи се по улиците, като подритваше сухите листа, затрупали паважа. Намери някакъв парк, седна на пейка и зарея поглед през голите клони към бледосиньото небе. Една катеричка му забърбори нещо и той се стресна. Изведнъж се разтревожи, че някой може да открадне количката и хукна към болницата. Седеше си на паркинга, където я бе оставил. Свали одеялата, възглавниците и котлона, но не знаеше къде да ги сложи.

В шест часа забеляза, че сестрите от дневната смяна си тръгват и реши, че може отново да надникне. Майка му не беше в коридора. Попита на регистратурата къде може да я намери и го насочиха към едно от далечните крила на болницата, но там никой не разбра за какво е отишъл. Върна се на регистратурата, където му казаха да мине отново сутринта. Попита дали може да пренощува на някоя от пейките във фоайето, но му отказаха.

Преспа на улицата с глава, напъхана в кашон. Сънува сън: майка му го посещава в „Хъйс Норениус“ и му носи пакет с храна. „Количката е прекалено бавна – казва тя в съня му. – Принц Албърт ще дойде да ме вземе.“ Пакетът му се стори странно лек.

Събуди се вкочанен от студ и едва успя да си раздвижи краката. Някъде далеч часовникът удари три или четири. Звездите го гледаха от избистреното небе. Изненада се, че сънят не го е натъжил. Увит в одеяло, К се поразходи напред-назад, след което пое надолу по улицата, като се взираше в замъглените витрини, зад чиито ромбоидни решетки манекените демонстрираха пролетната линия в модата.

Когато най-накрая го допуснаха в болницата, той откри майка си в женското отделение. Вече не носеше черното си палто, а бял болничен халат. Лежеше със затворени очи и с познатата тръбичка в носа. Устата ѝ беше хлътнала, лицето ѝ – сгърчено, и дори кожата на ръцете ѝ изглеждаше сбръчкана. К ѝ стисна ръката, но тя не реагира. В отделението имаше четири редици легла с не повече от трийсет сантиметра разстояние помежду им. Нямаше къде да се седне.

В единайсет часа се появи санитарка, която остави на нощното шкафче на майка му чай и чинийка с бисквита. Майкъл повдигна главата ѝ и поднесе чашата до устните ѝ, но тя не можеше да отпие. Докато чакаше, стомахът му започна да къркори, а чаят изстина. Малко преди санитарката отново да се появи, К изгълта чая и изяде бисквитата.

Провери табелката на леглото, но така и не разбра дали се отнасяше до майка му, или до някой друг.

В коридора спря някакъв мъж с бяла престилка и го попита за работа.

– Не искам пари – каза. – Просто да се занимавам с нещо. Да помета пода например. Да оплевя градината.

– Попитайте в канцеларията на долния етаж – отвърна мъжът и продължи по пътя си. К така и не намери въпросната канцелария.

В двора на болницата го заговори някакъв човек.

– За шевове ли си дошъл? – попита го.

К поклати глава. Мъжът критично му огледа лицето. След това разказа дълга история как го премазал трактор, смачкал му крака, счупил му бедрото, а докторите сложили в костите му пирони, сребърни пирони, които никога нямало да ръждясат. Мъжът се подпираше на странно изкривен алуминиев бастун.

– Случайно да знаете къде мога да хапна нещо? – попита К. – Не съм ял от вчера.

– Приятел, защо не идеш и не купиш по един пай и за двамата? – каза мъжът и подаде на Майкъл монета от един ранд.

К отиде в пекарната и донесе два горещи пая с пилешко месо. Седна на пейката до приятеля си и започна да се храни. Толкова беше вкусно, че очите му се насълзиха. Мъжът му разказа за сестра си, която изпадала в неконтрулируеми пристъпи на треперене. К слушаше песента на птиците в дърветата и се опитваше да си спомни кога за последно е бил толкова щастлив.

Следобед прекара един час до леглото на майка си. После още един час вечерта. Лицето ѝ беше сиво, дишането ѝ едва се долавяше. В един момент челюстта ѝ помръдна. Захласнат, К се взря в слюнката, която се проточи от изсъхналите ѝ устни. Изглежда се опитваше да прошепне нещо, но той не можа да разбере какво. Сестрата, която го помоли да напусне, му обясни, че ѝ дават успокоителни.

– Защо? – попита К.

Открадна чая на майка си и на старицата на съседното легло и ги изгълта като виновно куче, щом санитарката излезе от стаята.

Когато се върна на улицата, видя, че кашоните ги няма. Прекара нощта в някакъв вход, встрани от улицата. На месинговата табела над главата му пишеше: ЛЬО РУ & ХАТИНГ – ПРОКУРОРИ. Събуди се, когато полицейският патрул мина покрай него, но после отново заспа. Не беше толкова студено, колкото предишната нощ.

На леглото на майка му беше настанена непозната жена с бинтована глава. К застана до леглото и я загледа втренчено. Помисли си, че е объркал отделението. Спря някаква сестра.

– Майка ми… беше тук вчера…

– Попитайте на регистратурата – отвърна тя.

– Майка ви почина през нощта – обясни му някаква лекарка. – Направихме всичко възможно да я спасим, но беше много изтощена. Искахме да се свържем с вас, но не бяхте оставили телефон.

К седна на един стол в ъгъла.

– Искате ли да се обадите на някого? – попита лекарката.

Очевидно това беше нещо общоприето, ала той не разбра какво би трябвало да означава. Поклати глава.

Някой му донесе чаша чай, която изпи. Хората се мотаеха около него и го изнервяха. Скръсти ръце и се втренчи в краката си. Очакваше ли се от него да каже нещо? Отпусна ръце, после пак ги скръсти и така – отново и отново.

Заведоха го на долния етаж да види майка си. Лежеше с ръце, прибрани отстрани, все още облечена в белия халат с избродирани на гърдите инициали КПА-ЦПА. Тръбичката беше изчезнала. Погледа я известно време. После вече не знаеше накъде да погледне.

– Има ли други роднини? – попита го сестрата на регистратурата. – Искате ли да им позвъните? Искате ли ние да им се обадим?

– Няма значение – отвърна К, след което отново седна на стола в ъгъла. После го оставиха на мира, а към обяд му донесоха поднос с болнична храна, която той изяде.

Продължаваше да седи в ъгъла, когато се появи мъж в костюм и с вратовръзка и го заговори. Как се казвала майка му, на каква възраст била, кой бил постоянният ѝ адрес, каква религия изповядвала. По каква работа била в Стеленбош. У К ли се намирали документите ѝ?

– Водех я към дома – отвърна К. – В Кейптаун, където живееше, беше студено, валеше през цялото време, не се отразяваше добре на здравето ѝ. Водех я на място, където да се оправи. Нямахме намерение да спираме в Стеленбош.

В този момент Майкъл се уплаши, че дава прекалено много информация и реши да не отговаря на повече въпроси. Мъжът се отказа да разпитва и се оттегли. След малко се върна, приклекна до К и попита:

– Да сте били някога в приют или в дом за хора в неравностойно положение? Работили ли сте някога?

К нямаше намерение да отговаря.

– Подпишете се тук – каза мъжът и му подаде някакъв документ, като му показа къде точно да си сложи подписа. Когато К поклати глава, мъжът сам подписа документа.

Дойде нова смяна и К излезе да се мотае на паркинга. Разхождаше се и гледаше бистрото нощно небе. После отново влезе и седна на стола срещу стената. Не му бяха казали да се маха. По-късно, когато никой не се мяркаше наоколо, слезе на долния етаж да търси майка си. Не можа да я намери, а и стаята, в която тя се намираше, беше заключена. К се покачи в една телена клетка, в която събираха мръсните чаршафи и заспа там, свит като котка.

На втория ден след смъртта на майка му една сестра, която не беше виждал досега, изникна пред него.

– Хайде, Майкъл, време е да си тръгваш – каза му. Той я последва до регистратурата във фоайето. Там го чакаше куфарът му, както и два пакета, увити в амбалажна хартия.

– Прибрахме дрехите на майка ти и личните ѝ вещи в куфара – обясни непознатата сестра. – Можеш да го вземеш.

Жената беше с очила и говореше, сякаш четеше от книга. Майкъл забеляза, че момичето на регистратурата ги наблюдава с крайчеца на окото.

– В този пакет се намира прахът на майка ти. Беше кремирана тази сутрин, Майкъл. Ако предпочетеш, ще се погрижим подобаващо за праха. Ако ли не, можеш да го вземеш със себе си – и тя докосна с нокътя си въпросния пакет. И двата пакета бяха прилежно запечатани с кафяво тиксо; този, който съдържаше тленните останки, беше по-малък.

– Искаш ли да се погрижим за това? – попита тя и леко почука с нокът. К поклати глава. – А в другия пакет – продължи сестрата, като уверено го побутна пред него – сме ти приготвили няколко неща, които може да ти свършат работа: дрехи и тоалетни принадлежности –

погледна го тя открито и му се усмихна. Момичето на регистратурата се обърна към пишещата си машина.

Значи има място за изгаряне, помисли си К. Представи си старите от отделението, как със склопени от горещината очи, със стиснати бедра и ръце, изпънати встрани, една по една подхранват разжарената пещ. Най-напред косата лумва в огнен ореол, а след миг всичко останало, до последната част, гори и се разпада. И това се случваше през цялото време.

– Откъде да знам? – каза той.

– Откъде да знаеш какво? – попита сестрата.

К нетърпеливо посочи кутията.

– Откъде да знам? – сопна се той.

Сестрата отказа да отговори или пък не разбра.

Отвън на паркинга Майкъл отвори по-големия пакет. Вътре имаше самобръсначка, калъп сапун, хавлиена кърпа, бяло яке с патладжанени кръпки на раменете, черен панталон и черна фуражка с блестяща метална значка, на която пишеше САНИТАРЕН ОТРЯД СЕЙНТ ДЖОН.

К се върна на регистратурата и подаде дрехите на момичето. Сестрата с очилата беше изчезнала.

– Защо ми ги давате? – попита той.

– Не питайте мен – отвърна момичето. – Може би някой ги е оставил – допълни, без да го погледне в очите.

Майкъл изхвърли сапуна и самобръсначката и понечи да хвърли и дрехите, но не го направи. Собствените му вече бяха започнали да миришат.

Макар че нямаше повече работа там, осъзна, че му е трудно да се раздели с болницата. През деня буташе количката по околните улици; през нощта спеше в канавките, зад оградите, по алеите. Струваше му се странно, че следобед децата продължават да се прибират с велосипеди след училище, че натискат клаксоните, че се състезават. Струваше му се странно, че хората продължават да ядат и да пият както обикновено. На няколко пъти попита тук-там дали не търсят градинар, но съвсем скоро се потисна от отвращението на стопаните, които не му дължаха нищо и затваряха вратите си под носа му. Когато валеше, К се скриваше под количката. Прекарваше дълго време с вторачен в ръцете си поглед и с изпразнена глава.

Попадна в компанията на мъже и жени, които спяха под железопътния мост и се мотаеха в празния терен зад магазина за алкохол на Андринга стрийт. Понякога им заемаше количката си. В пристъп на щедрост подари и котлона. Но една нощ, докато спеше, някакъв тип се опита да измъкне куфара изпод главата му. Сбиха се и К се махна оттам.

Един ден на улицата до него спря полицейска кола и двама полицаи поискаха да огледат количката му. Отвориха куфара и започнаха да ровят в него. Свалиха хартията, с която беше увит втория пакет. Вътре се намираше картонена кутия, в която имаше найлонов плик с тъмносив прах. К го виждаше за първи път. Погледна встрани.

– Какво е това? – попита полицаят.

– Прахът на майка ми – каза К.

Полицаят смутено започна да подхвърля кутията от ръка в ръка и каза нещо на приятеля си, което К не можа да чуе.

В продължение на часове Майкъл стоеше срещу болницата. Изглеждаше му по-малка отколкото преди – просто една дълга и ниска сграда с червен керемиден покрив.

Престана да съблюдава полицейския час. Не вярваше, че нещо лошо може да го сполети, а дори и да се случеше, беше му все едно. Облечен с новите си дрехи, с бялото яке, черния панталон и фуражка, той буташе количката накъдето реши. Понякога го обхващаше странно лекомислие. Усещаше се по-слаб отпреди, но не и болен. Ядеше веднъж на ден. Купуваше си понички или пайове с парите от портфейла на майка си. Имаше някакво удоволствие в това да харчи без да печели: не се и замисляше колко бързо се стопяват парите.

Откъсна черна лентичка от подплатата на майчиното си палто и я завърза около ръката си. Но откри, че майка му не му липсва повече, отколкото бе му липсвала цял живот.

От нямане какво да прави спеше все повече и повече. Разбра, че може да спи навсякъде, по всяко време и във всякаква поза – на тротоара по обяд, докато хората го прескачаха; прав и подпрян на някоя стена с куфара между краката. Сънят бе се настанил в главата му като благо куче; не можеше да му устои. Не сънуваше нищо и никого.

Един ден количката изчезна. К прие загубата с пренебрежение.

Случи се така, че К се задържа в Стеленбош за известно време. Нямаше начин да остане по-малко. Прекарваше дните като се мотаеше по улиците; често се губеше.

Веднъж тръгна с куфара си по Банхук роуд, както понякога правеше. Беше унила мъглива сутрин. К чу зад себе си потропването на конски подкови; най-напред усети миризмата на пресен тор, след което бавно бе застигнат от каруца, стара комунална бракувана каруца, теглена от шотландски кон и управлявана от възрастен човек в черна мушама. За известно време каруцата изравни ход с неговия. Старецът му даде знак да се качи, а К се поколеба за миг, хвърли поглед към дългия, прав, потънал в мъгла булевард и разбра, че вече няма какво да го задържа там. Качи се в каруцата и седна до стареца.

– Благодаря – каза. – Ако имаш нужда, мога да помогна.

Но старецът нямаше нужда от помощ, нито пък беше в настроение да разговаря. Остави К една миля след най-високата част на прохода и се отклони по черен коларски път. Майкъл вървя цял ден и прекара нощта в някаква евкалиптова горичка, а вятърът бучеше високо в клоните над главата му. По пладне на следващия ден вече беше заобиколил Паарл и се насочи по главния път на север. При вида на първия пропускателен пункт се скри и изчака, докато се убеди, че никой от преминаващите пешеходци не беше спрян.

На няколко пъти го задминаваха дълги конвои от автомобили с въоръжен ескорт. Тогава той заставаше встрани от пътя, без да се крие, и гледаше ръцете му да са видими, както забеляза, че правят останалите пешеходци. Спа до пътя и се събуди мокър от росата. Шосето се извиваше пред него и изчезваше в мъглата. Птиците прехвърчаха от храст на храст; цвъртенето им звучеше глухо. К беше окачил куфара си на пръчка, преметната през рамо. От два дни не бе хапвал, но изглежда издръжливостта му беше безгранична.

На миля след прохода в мъглата проблесна огън и К чу гласове. Когато се приближи, усети миризма на пържен бекон и стомахът му се разбунтува. Около огъня стояха мъже и се топлеха. Щом видяха К, спряха да разговарят и се вторачиха в него. Той докосна фуражката си за поздрав, но никой не му отговори. Мина покрай тях, мина покрай още един стъкнат край пътя огън, мина покрай колона автомобили със запалени фарове, паркирани един зад друг, и накрая стигна до причината за цялото задръстване. Паднал на една страна, препречил пътя, с надвиснали над пропастта задни колела, лежеше съчленен от разни части камион, боядисан в убито синьо. Кабината беше изгоряла, каросерията – почерняла от пушека. Друг камион, натоварен с чували, се беше блъснал в останките от първия и пътят наоколо бе посипан с бяло брашно. По-нататък зад завоя, докъдето К можеше да види, колоната продължаваше. Два радиоапарата се надвикваха, настроени на различни станции. Някъде отвисоко долиташе отчаяно блеене на овце. За миг К реши да спре и да си напълни джобовете с брашно, но не знаеше какво да прави с него. Продължи да крачи край камионите; мина покрай един, пълен с овце, така натъпкани една до друга, че някои дори стояха само на задните си крака; мина покрай група войници, събрали се около огън, които не му обърнаха внимание. На края на колоната горяха два сигнални огъня, а малко по-нагоре беше запалена кофа с катран, неохранявана от никого.

Щом колоната остана зад гърба му, К въздъхна с облекчение, смятайки, че се е отървал, но на следващия завой от храстите изскочи войник с камуфлажна униформа и насочи автомат към гърдите му. К замръзна на място. Войникът свали оръжието, запали цигара, дръпна веднъж и отново вдигна автомата. К прецени, че този път се прицелва в лицето или в гърлото му.

– Та кой си ти? – попита войникът. – Къде си мислиш, че си тръгнал?

Преди да му отговори, войникът го пресече:

– Хайде. Покажи ми. Покажи какво има там.

Колоната вече не се виждаше, но във въздуха продължаваше да отзвучава музиката от радиото. К свали куфара от рамото си и го отвори. Войникът му махна, смачка цигарата си и с едно-единствено движение преобърна куфара. Всичко се разпиля на пътя: сините плъстени чехли, белите кюлоти, розовото пластмасово шише с каламинов лосион, кафявото шише с таблетки, бежовия найлонов несесер, шала на цветя, шала, поръбен с мидички, черното вълнено палто, кутията за бижута, кафявата пола, зелената блуза, обувките, още бельо, пакетите, увити в амбалажна хартия, белия найлонов пакет, кутията за кафе, която подрънкваше, пудрата, кърпички, писма, фотографии, кутията с праха на майка му. К не помръдна от мястото си.

– Откъде открадна всичко това? – попита войникът. – Крадец си, нали? Крадец, който бяга през планината – и той изрита найлоновата чанта с ботуша си. – Покажи ми – повтори. Докосна кутията за бижута. Докосна кутията за кафе. Докосна и другата кутия. – Покажи ми – каза и се отдръпна.

К отвори кутията за кафе. Вътре имаше халки за пердета. Загреба няколко в шепата си, после отново ги върна и затвори капака. Отвори кутията за бижута и я вдигна нагоре. Сърцето му щеше да изскочи. Войникът разпиля съдържанието ѝ, взе някаква брошка и се изправи. Усмихна се. К затвори кутията. Отвори найлоновия несесер и го вдигна нагоре. Войникът му направи знак и К го изсипа на земята. Вътре имаше носна кърпа, гребен и огледало, пудра за лице и два портфейла. Войникът посочи портфейлите и К му ги подаде. Войникът ги пусна в джоба на куртката си.

К облиза устни:

– Тези пари не са мои – каза. – Това са парите на майка ми; работеше за тях.

Не беше вярно: майка му беше мъртва, не ѝ трябваха пари. Все едно. Настъпи мълчание.

– Затова ли, мислиш, е войната? – продължи К. – Да се отнемат парите на хората?

– *Затова ли, мислиш, е войната?* – повтори войникът като пародираше начина, по който К движеше устните си. – Крадец. Гледай сега. Ще останеш да си лежиш в храстите, накацан от мухи. Ти ли ще ми говориш за война – и той посочи с автомата кутията с праха на майка му. – Покажи ми – заповяда.

К махна капака и вдигна кутията. Войникът се загледа в найлоновото пликче.

– Какво е това? – попита.

– Прах – каза К. Сега гласът му звучеше малко потвърдо.

– Отвори го – нареди войникът. К отвори пликчето. Войникът щипна малко между пръстите си и предпазливо го помириса.

– Исусе! – възкликна той. Погледът му срещна този на К.

К коленичи и прибра вещите на майка си обратно в куфара. Войникът стоеше отстрани.

– Мога ли вече да тръгвам? – попита К.

– Документите са наред, можеш да тръгваш – каза войникът. К нагласи пръчката с куфара на рамото си.

– Още минутка само – сети се нещо войникът. – Линейка ли караш, или какво?

К поклати глава.

– Още минутка, само минутка – продължи войникът. Извади от джоба си единия портфейл, измъкна кафява десетрандова банкнота и я подхвърли на К. – Бакшиш – каза. – Да си купиш сладолед.

К се върна и прибра банкнотата. После отново пое. След няколко минути войникът потъна в мъглата.

К не смяташе, че се е държал като страхливец. Въпреки това малко по-нататък по пътя му хрумна, че вече няма защо да носи куфара. Изкачи се на една височинка и го остави в храстите – задържа само черното палто, да го пази от студа, и кутията с праха на майка му, чийто капак остави отворен, та да я вали дъжд, слънце да я напича, а насекомите да я гризат безпрепятствено, ако желаят.

Конвоите от вътрешността на страната очевидно бяха задържани и цялото шосе беше на разположение на К. Късно следобед той видя тунела, който се промушваше през планината, както и охраната на южния му вход. К кривна от пътя и пое нагоре по склона, като си проправяше пътека през влажните храсталаци, докато с падането на нощта стигна до седловината, откъдето се виждаше Еландсеръфир и шосето, което водеше на север. К чу рева на павиани в далечината. Спа под някакъв надвиснал зъбер, увит с палтото на майка си и с пръчка до главата. На зазоряване отново тръгна, решен да прехвърли височината и да слезе в долината като избегне прекия път през тунела. Мина първият сутрешен конвой.

Цял ден К вървя, придържайки се – там, където беше възможно – встрани от пътя. Прекара нощта в бунгало в края на поле, осеяно с пилони за ръгби, разделено от пътя с редица евкалипти. Прозорците на бунгалото бяха разбити, вратата – извадена от пантите. Подът беше покрит с натрошени стъкла, стари вестници и навеяни листа. В пукнатините по стените растеше бледожълта трева; под водопроводните тръби се бяха скупчили охлюви, но покривът си беше наред. К събра листата и хартиите в ъгъла, за да си направи от тях легло. Спа на пресекулки – стряскаха го силният вой на вятъра и проливният дъжд.

Продължаваше да вали, когато се събуди. Премалял от глад, застана на прага и се загледа в мокрото поле, прогизналите дървета и потъналите в мъгла хълмове. В продължение на час се надяваше дъждът да утихне, след което вдигна яката си и хукна в пороя. В далечния край на полето прескочи бодливата телена ограда и влезе в ябълкова градина, обрасла в трева и плевели. Навсякъде в краката му се търкаляха плодове, наядени от червеи. Ябълките по клоните бяха дребнички и опустошени от паразити. С прилепналата от дъжда фуражка на главата и с черното палто, обвило тялото му като втора кожа, К започна да отхапва оттук-оттам – подбираше здравите места от плодовете. Дъвчеше бързо като заек; очите му бяха празни.

Навлезе в градината. Навсякъде личаха следи на немара. В действителност К вече бе започнал да смята, че се намира в напълно изоставено място, когато ябълковите дървета изведнъж го отведоха до поддържана ливада, отвъд която се виждаха тухлени пристройки, както и тръстиковия покрив и белосаните стени на ферма. В ливадата се различаваха грижливо подредени лехи със зеленчуци – карфиол, моркови, картофи. К отново излезе от заслона на дърветата и се оказа под пороя. Започна да лази и да изравя от меката пръст жълти полуузрели моркови. Това е божия земя – помисли си той – и аз не съм крадец. Въпреки това обаче си представи как от задния прозорец на фермата се разнася изстрел, представи си как внезапно го напада огромно куче вълча порода. Когато напълни джобовете си, нервно се изправи. Вместо да вземе със себе си листната маса от изровените моркови и да я разпилее сред дърветата, той я остави в лехата.

През нощта дъждът спря. На сутринта К отново тръгна по пътя с влажните дрехи на гърба и с подут от суровата храна стомах. Чуеше ли боботенето на приближаващ конвой, пропълзяваше в храстите, макар че се чудеше дали с кирливите дрехи и изнемощелия си вид няма просто да бъде подминат като скитник от вътрешността на страната, достатъчно невеж, та да не знае, че му са нужни документи, за да пътува, прекалено потънал в апатия, за да е някаква заплаха. Един от конвоите, ескортиран от мотоциклетисти, бронирани коли и камиони, пълни с млади войници с каски, се точи цели пет минути преди да отмине. К храбро надникна от скривалището си; стори му се, че за миг картечарят от последната кола, опакован в шал, ръкавици и вълнена шапка, се втренчи право в очите му, преди да отлети по пътя към Боланд.

К спа в канавката до шосето. Към девет на следващата сутрин зърна комините и пилоните на Уъстър. Вече не беше сам на пътя, а част от нестройна колона пътници. Трима младежи енергично го подминаха; дъхът им замъгляваше въздуха.

В покрайнините на града имаше барикада, първата, която К виждаше след Паарл – с полицейски коли и хора, стълпени около тях. За миг К потрепери. Вляво имаше къщи, вдясно – тухларна. Единственият изход беше назад. Но К продължи напред.

– Какво искат? – прошепна той на жената пред себе си. Тя го изгледа и нищо не отговори.

Дойде неговият ред. Подаде зелената си карта. Застанал начело на колоната между две полицейски камионетки, той виждаше хората, които бяха успели да преминат проверката, но също така виждаше притихналата група мъже встрани, само мъже, охранявани от полицай с куче. Ако им се сторя достатъчно глупав, помисли си той, може би ще ме пуснат да мина.

– Откъде си?

– От Принс Албърт. – Устата му беше пресъхнала. – Прибирам се в Принс Албърт.

– Разрешителното?

– Загубих го.

– Добре. Чакай тук – посочи с палката си полицаят.

– Не искам да спирам. Нямам време – прошепна К. Дали надушваха, че го е страх? Някой го сграбчи за ръката. К започна да се дърпа като животно в касапница. Зад него някакъв човек показа зелена карта. Никой не го слушаше. Полицаят с кучето направи нетърпелив жест. Избутан напред, К извърши сам последните няколко крачки и попадна в плен. Другарите му по съдба се отдръпнаха встрани, сякаш беше прокажен. К затвори кутията с праха на майка си и се втренчи в жълтите очи на кучето.

В компанията на петдесет непознати мъже К бе отведен в железопътния парк, където ги нахраниха със студена овесена каша и чай и ги натовариха в отделен вагон. Вратите бяха заключени и мъжете трябваше да чакат, охранявани от въоръжено лице с кафяво-черна униформа, каквато носеха в железопътната полиция, докато още трийсет затворници пристигнаха и бяха натоварени във вагона. До прозореца, точно до К, седеше по-възрастен мъж в костюм. К леко докосна ръкава му:

– Къде ни водят? – попита.

Непознатият го погледна и вдигна рамене.

– Има ли значение къде? – каза. – Две са възможностите – нагоре по линията или надолу по линията. Такава е природата на влаковете.

Мъжът извади пакетче бонбони и предложи на К.

Зад вагона се появи парен локомотив, който беше прикачен с гръм и трясък.

– На север – каза непознатият. – Към Тоус Ръфир.

Тъй като К не реагира, мъжът изгуби интерес да разговаря.

Локомотивът с вагона потегли през задните дворове на Уъстър, където жените простираха пране, а децата седяха по плетовете, за да махат, докато влакът постепенно набираше скорост. К гледаше как телеграфните жици се издигат и снишават, издигат и снишават. Миля след миля се нижеха голи и запуснати лозя, наобиколени от крави. После локомотивът започна да се задъхва, когато влязоха в планината. К потрепери. Изпод миризмата на мухъл, която се разнасяше от дрехите му, го лъхна собствената му пот.

Влакът спря. Пазачът отключи вратите и в момента, в който слязоха, причината за спирането стана ясна. Не можеха да продължат; релсите пред тях бяха затрупани с планина от камъни и червена глина, която се бе свлякла от склона и беше разцепила хълма. Някой подметна нещо и избухна смях. От върха на насипа можеха да видят още един влак доста по-надолу по линията от другата страна: група мъже се трудеха като мравки да свалят механичната лопата от товарната платформа по рампата.

К беше разпределен в бригадата, която работеше по преместването на релсите встрани от насипа. Цял следобед, наблюдавани от надзирател и пазач, мъжете разкачаха релсите, отъпкваха пръстта под железопътната линия и поставяха траверси. До вечерта вече имаше достатъчно дълга линия, за да може празната товарна платформа да се приближи до насипа. Прекъснаха работата за вечеря, която се състоеше от хляб, мармалад и чай. После, на светлината на локомотивните фарове, се покачиха върху насипа и започнаха да изгребват глината и камъните. В началото бяха достатъчно високо, за да хвърлят товара направо върху платформата. Но с намаляването на насипа се налагаше всяка следваща лопата да се прехвърля отстрани. Когато платформата се напълни, локомотивът я изтегли назад по линията и същите мъже я разтовариха в тъмното.

Окопитен от вечерята, К скоро отново започна да отпада. Всяка лопата, която вдигаше, му струваше голямо усилие; когато се изправеше, усещаше болка в гърба и световъртеж. Работеше все по-бавно, а накрая седна на линията и отпусна глава между коленете си. Мина време; нямаше представа колко време. Ушите му заглъхваха.

Някой го потупа по коляното.

– Ставай! – чу глас. Изправи се и видя на слабата светлина надзирателя с черно палто и шапка.

– Защо трябва да работя тук? – попита. Главата му се маеше; думите отекваха някак си отдалече.

Надзирателят вдигна рамене.

– Просто върши каквото ти е наредено – сопна се той, вдигна пръчката си и го сръга в ребрата. К отново хвана лопатата.

Трудиха се, докато стана полунощ; движеха се като лунатици. Когато накрая ги натовариха във вагона, те заспаха един върху друг по седалките или проснати на голия под. Прозорците бяха затворени заради хапещия планински студ. Отвън пазачите крачеха напред-назад, трепереха, псуваха и на смени влизаха в кабината, за да се стоплят.

Изморен и измръзнал, К си легна, стиснал в ръце кутията с праха на майка си. Съседът му се прилепи до него и го прегърна насън. Мисли ме за жена си – каза си К, – за жена си, в чието легло е спал снощи. Загледа се в замъгления прозорец с надежда нощта да свърши по-бързо. Малко след това заспа. Когато на сутринта пазачите отключиха вратите, тялото му беше толкова вкочанено, че едва успя да се изправи.

Отново им дадоха каша и чай. К се оказа до мъжа, когото беше заговорил на тръгване от Уъстър.

– Лошо ли ти е? – попита го той.

К поклати глава.

– Не говориш – продължи мъжът. – Помислих, че ти е лошо.

– Не ми е лошо – каза К.

– Тогава защо е тая нещастна физиономия? Това не е затвор. Не е доживотна присъда. Просто трудова бригада. Нищо работа.

К не можа да дояде безвкусната и студена царевична каша. Сега пазачите и двамата надзиратели вървяха сред тях, пляскаха с ръце и ги ръчкаха да стават.

– Не си по-специален от другите – продължи мъжът. – Никой от нас не е по-специален – и той обходи с поглед всички: затворниците, пазачите, надзирателите. К остърга остатъка от кашата и я изхвърли на земята. После и двамата се изправиха. Надзирателят с орловия нос мина покрай тях като потупваше полите на палтото си с пръчката.

– Я по-весело! – каза мъжът на К, усмихна му се и леко го стисна за рамото. – Скоро пак ще си господар на себе си!

Механичната лопата най-сетне беше от другата страна на насипа и упорито изхвърляше пръстта встрани. До обяд се разчисти проход, широк три метра, и бригадата от Тоус Ръфир вече можеше да пренареди релсите по железопътната линия. Влакът от северната страна започна да изпуска пара. С изцапаното си бяло яке на шофьор на линейка, стиснал черното палто и кутията, в компанията на изтощените и смълчани мъже, К се качи в потеглящия влак. Никой не го спря. Машината потегли бавно на север по единствената железопътна линия, с двама въоръжени пазачи в края на вагона, които оглеждаха пътя напред.

Цели два часа К се преструваше, че спи. По едно време мъжът срещу него, най-вероятно в търсене на храна, измъкна кутията измежду краката му и я отвори. Като видя, че вътре има само прах, затвори я и я върна на мястото ѝ. К го наблюдаваше примижал, но не се намеси.

В пет следобед ги свалиха в Тоус Ръфир. К застана на перона, без да има представа какво следва. Можеше да открият, че се е качил на грешния влак и да го върнат обратно в Уъстър; или можеше да го затворят в това чуждо, брулено от ветрове, неприветливо място, защото няма документи; или може би по железопътната линия имаше достатъчно аварии, свлачища, насипи, нощни експлозии и изпотрошени релси, за да трябва бригадата от петдесет мъже да пътува на север и на юг от Тоус Ръфир в следващите години, без да им плащат, като ги хранят с каша и чай, за да ги поддържат живи. Всъщност обаче двамата пазачи, които ги ескортираха до перона, се обърнаха без да кажат дума и ги оставиха насред сгурията в разпределителната станция, откъдето да продължат прекъснатите си животи.

Без да се ослушва повече, К пресече релсите, промуши се през някаква дупка в оградата и пое към оазиса от бензиностанции, крайпътни ханчета и детски площадки, наредени по протежение на главния път. Веселите бои по люлеещите се кончета и въртележки се лющеха, а бензиностанциите отдавна не работеха, но едно малко магазинче с фирмата на Кока-Кола над вратата и с щайга увехнали портокали на витрината изглежда все още беше отворено. К се приближи до входа, дори влезе вътре, когато дребна старица, цялата в черно, пристъпи напред, протегнала ръце да го възпре. Докато се окопити, жената го избута от прага и хлопна резето под носа му. К погледна през прозореца и почука; дори размаха десетрандовата банкнота, за да събуди чувство на доверие, но старицата без много да се церемони изчезна зад високия тезгях. Други двама мъже, също слезли от влака, които бяха вървели след К, видяха разочарованието му. Един от тях гневно запрати шепа чакъл по прозореца, след което двамата се обърнаха и си тръгнаха.

К остана. Зад рафта с книги с меки корици и бурканите с бонбони той продължаваше да вижда края на черната дреха. Засенчи очи с ръка и зачака. Не се чуваше нищо друго освен вятъра в полето и проскърцването на фирмената табела над вратата. След малко старицата подаде глава над тезгяха и срещна погледа му. Носеше очила с дебели черни рамки; посребрената ѝ коса беше силно опъната назад. На рафтовете зад нея К различаваше консерви, пакети царевично брашно и захар, прахове за пране. На пода пред тезгяха имаше кошница с лимони. Той вдигна банкнотата над главата си и я долепи до прозореца. Старицата не помръдна.

К се опита да пусне крана за вода до една от бензиновите помпи, но вода така и не потече. Пи от друг един кран зад магазина. В полето зад бензиностанцията клечаха зарязани множество стари автомобили. К започна да пробва вратите им, докато накрая една се отвори. Задната седалка липсваше, но той беше твърде уморен, за да подбира. Слънцето залязваше зад планините, облаците се обагряха в оранжево. К дръпна вратата, легна на прашния вдлъбнат под с кутията под главата си и скоро заспа.

На сутринта магазинът отвори. Сега зад тезгяха стоеше висок мъж с военен панталон, от когото К без проблем купи три кутии боб с доматен сос, пакет сухо мляко и кибрит. Върна се зад бензиностанцията и си запали огън. Докато топлеше една от консервите с боб, сипа малко мляко на прах в ръката си и я облиза. След като се нахрани, потегли по магистралата, а слънцето го огряваше отдясно. Вървя цял ден. Сред плоския пейзаж от камъни и трънаци нямаше къде да се скрие. Конвои минаваха и в двете посоки, но той не им обръщаше внимание. Когато падна здрач, К кривна от пътя, прескочи някакъв плет и си намери място за нощуване в пресъхнало речно корито. Запали огън и стопли втората бобена консерва. Заспа близо до жаравата, без да обръща внимание на нощните шумове, на топуркането по камъчетата, на пърхането в клоните на дърветата.

Веднъж прескочил плета и озовал се в полето, К реши, че е много по-спокойно да се придвижва далече от пътя. Вървя цял ден. Вече по здрач успя да свали с камък гургулица, тъкмо когато птицата се снижаваше към една акация. Изви ѝ врата, почисти я, опече я на шиш, който пригоди от някаква жица, и я изяде с последната консерва боб.

На сутринта беше грубо събуден от старец в дрипав кафяв военен шинел. Очевидно местен, мъжът разпалено започна да го пъди от нивата.

– Само пренощувах тук, нищо друго – възпротиви се К.

– Не си търси белята! – каза му старецът. – Ще те видят стопаните и ще те застрелят! Търсиш си белята! Изчезвай!

К попита за пътя, но старецът само махна, за да го пропъди и почна да зарива с крака въглените. И така, К се върна до плета и в продължение на час вървя от вътрешната му страна; после се почувства в безопасност и отново излезе на шосето. До една язовирна стена К се натъкна на хранилка и загреба половин паничка счукана царевица и костено брашно, които свари във вода, след което изгълта хрупкавата каша. Напълни фуражката си с още царевица и брашно и си помисли: „Най-сетне земята ме храни."

Понякога единственият шум, който чуваше, беше от крачолите на панталона му, които плющяха едновременно. От хоризонт до хоризонт пейзажът беше пуст. К се изкачи на един хълм, легна по гръб, заслуша се в тишината и усети как слънцето се просмуква в костите му.

Три странни същества – кученца с огромни уши – изскочиха иззад някакъв храст и избягаха.

Бих живял тук завинаги – помисли си К, – или поне докато умра. Нищо няма да се случва; всеки ден ще е като предишния; не би имало нужда да се говори. Тревогата, която се свързваше с придвижването му по пътя, започна да го напуска. Понякога, докато вървеше, не осъзнаваше буден ли е или спи. Би разбрал хората, готови да се оттеглят на това място, за да се оградят с мили и мили мълчание. Би разбрал решението им да завещаят привилегията на мълчанието на децата и внуците си за вечни времена (макар да не разбираше с какво право); чудеше се дали някъде между плетовете няма забравени местенца, ъгли, коридори – земя, която все още не принадлежи никому. Може би, ако някой може да полети достатъчно високо – мислеше си той, – ще разбере.

Два самолета прекосиха небето от юг на север и оставиха след себе си повесма от пара, които бавно избледняха, както и шум, подобен на морско вълнение.

Слънцето залязваше, когато К изкачи последните хълмове преди Лейнгсбърг. Докато пресече моста и стъпи на широкия централен булевард на града, светлината бе станала навъсено виолетова. К мина покрай бензиностанции, магазини, страноприемници – всичките затворени. Някакво куче започна да лае продължително. Включиха се и други. Нямаше улично осветление.

К стоеше пред тъмна витрина с детски облекла, когато някой премина зад него, спря и се върна.

– Удари ли камбаната, започва полицейският час – чу глас. – По-добре се махай от улицата.

К се обърна. Видя по-млад от себе си мъж, облечен в златистозелен анцуг, който носеше дървена кутия за инструменти. Не разбра какво му каза непознатият.

– Добре ли си? – попита младият мъж.

– Не искам да спирам – каза К. – Тръгнал съм за Принс Албърт, а има още много път до там.

Но така или иначе отиде в дома на непознатия и заспа там, след като хапна супа и пържена питка. В къщата имаше три деца. През цялото време, докато К се хранеше, най-малкото момиченце седеше в скута на майка си и го зяпаше и въпреки че жената му шепнеше нещо на ухо, детето не свали поглед от него. Двете по-големи деца бяха забили очи в чиниите си. След кратко колебание К започна да разказва за пътуването си:

– На следващия ден срещнах човек, който ми каза, че стопаните стреляли по непознатите, които прекосявали нивите им.

Приятелят му поклати глава.

– Не съм чувал такова нещо – каза той. – Вярвам, че хората трябва да си помагат един на друг.

К остави тази мисъл да отзвучи в главата му. Вярвам ли, че хората трябва да си помагат? – запита се. Самият той можеше да помогне, можеше и да не помогне, нямаше как да знае предварително, всичко беше възможно. Изглежда не вярваше в нищо, или поне не вярваше в нищо, което се отнася до помощта. Може би съм от камък – помисли си.

Когато загасиха лампата, К дълго време не можа да заспи и слушаше как децата се въртят. Беше заел тяхното легло и сега спяха на дюшек върху пода. По едно време през нощта се събуди с усещането, че говори насън. Изглежда обаче никой не го беше чул. Когато се събуди следващия път, вече беше светло и родителите стягаха децата си за училище, като се опитваха да ги накарат да са тихи, за да не пречат на госта. Покрусен, К навлече панталона си под юргана и излезе навън. Звездите все още не бяха избледнели; на изток над хоризонта се издигаше розово сияние.

Момчето излезе да го извика за закуска. Когато седна с другите, желанието му да говори се върна. Хвана ръба на масата, изпъна гърба си. Сърцето му беше пълно; искаше да изкаже благодарността си, но точните думи така и не идваха. Децата го зяпаха; възцари се мълчание; родителите гледаха настрани.

Заръчаха на двете по-големи деца да повървят с него до отклонението за Сиевъвиъкспуърт. Когато стигнаха, момчето попита:

– Това ли е прахът?

К кимна.

– Искаш ли да го видиш? – предложи той. После отвори кутията, развърза найлоновото пликче. Момчето първо помириса праха, същото направи и сестра му.

– Какво ще правиш с него? – попита момчето.

– Нося го там, където майка ми се е родила много отдавна – отвърна К. – Такова беше нейното желание.

– Изгорили са я, така ли? – попита момчето.

Пред очите на К изплува пламтящият ореол.

– Нищо не е усетила – обясни той. – Вече е била дух.

Отне му три дни да измине разстоянието от Лейнгсбърг до Принс Албърт, като вървеше по черния път, отдалече заобикаляше фермите, опитваше се да намери храна из полето, но през повечето време пътуваше гладен. Веднъж, в най-горещото време от деня, съблече дрехите си и се потопи в изоставен водоем. Друг път някакъв фермер с малък камион го спря край пътя. Искаше да разбере накъде отива.

– Към Принс Албърт – отвърна К. – Да видя семейството си.

Но акцентът му беше странен и фермерът очевидно не го разбра.

– Качвай се – подкани го. К поклати глава. – Качвай се – повтори фермерът, – ще те повозя.

– Добре съм си така – отговори К и отмина. Камионът отпраши сред облак прах. К тутакси излезе от пътя, спусна се в някакво речно корито и остана скрит там, докато падна нощта.

Като си мислеше по-късно за фермера, успя да си спомни само габардинената шапка и късите му пръсти, с които го приканваше да се качи. На фалангата на всеки пръст имаше малка туфа бронзови косми. Всичките спомени на К бяха частични, никога цялостни.

Сутринта на четвъртия ден К клечеше на един хълм и съзерцаваше слънцето, което изгряваше най-сетне над Принс Албърт. Петлите кукуригаха; светлината трептеше по прозорците на къщите; едно дете водеше две магарета по дългата главна улица. Въздухът не помръдваше. Докато слизаше по хълма към града, К осъзна, че чува мъжки глас, който сякаш го посрещаше с равен и безкраен монолог, но така и не беше ясно откъде идва. Озадачен, К спря и се заслуша. Да не би да е гласът на принц Албърт? – почуди се той. Мислех си, че отдавна е мъртъв. Опита се да различи думите, но макар гласът да се носеше из въздуха като мъгла или ухание, думите – ако това въобще бяха думи, ако гласът просто не напяваше някакви тонове – бяха твърде тихо произнесени, или твърде летливи, за да бъдат чути. След това гласът утихна и отстъпи място на слабия и далечен звук на духов оркестър.

К пое по пътя, който влизаше в града откъм юг. Мина покрай старо воденично колело, покрай оградени градини. Две червеникавокафяви кучета тичаха нагоре-надолу зад един плет, готови да му се нахвърлят. Няколко къщи по-нататък млада жена клечеше до дворната чешма и миеше някаква купа. Погледна го през рамо. К докосна фуражката си за поздрав; жената извърна глава.

Появиха се магазини и от двете страни на улицата: пекарна, кафене, магазин за дрехи, банков клон, железарска работилница, смесен магазин, автомобилни сервизи. Решетката беше спусната пред смесения магазин. К седна на верандата, облегна се на решетката и притвори очи на слънцето. „Вече съм тук – помисли си той. – Най-сетне.“

Час по-късно К продължаваше да седи отпред, заспал с полуотворена уста. Около него се бяха събрали деца, които шептяха и се кикотеха. Едно от тях внимателно свали фуражката от главата му, нахлупи си я и изкриви уста като неговата. Приятелчетата му избухнаха в смях. Хлапето килна фуражката на главата на К и се опита да измъкне кутията, но К я бе стиснал здраво.

Появи се магазинерът с ключовете; децата се отдръпнаха и когато той започна да вдига решетката, К се събуди.

Отвътре магазинът беше здрачен и претъпкан. Поцинковани железни вани и велосипедни колелета висяха от тавана редом до вентилаторни ремъци и радиаторни маркучи; имаше сандъчета, пълни с пирони, и пирамиди от пластмасови кофи, рафтове с консерви, лекарства без рецепта, сладкиши, бебешки дрехи, разхладителни напитки.

К пристъпи към тезгяха:

– Мистър Фослуъ или мистър Фисер – каза той. Това бяха имената, които майка му си спомняше от миналото. – Търся мистър Фослуъ или мистър Фисер, фермери.

– Мисис Фослуъ – повтори магазинерът. – Нея ли имаш предвид? Мисис Фослуъ от хотела? Няма мистър Фослуъ.

– Мистър Фослуъ или мистър Фисер, които едно време са били фермери – тях търся. Не съм съвсем сигурен за името на фермата, но ако я видя, ще я разпозная.

– Няма фермери Фослуъ и Фисер. Фъсахи – да не би него да имаш предвид? Но за какво ти е Фъсахи?

– Трябва да занеса нещо там – каза К и посочи кутията.

– Значи си бил път напразно. Никой не живее във фермата на Фъсахи. От години пустее. Сигурен ли си за името? Семейство Фъсахи заминаха много отдавна.

К поиска пакет джинджифилови бисквити.

– Кой те праща? – попита магазинерът. К погледна глупаво. – Трябваше да пратят някого, който знае какво прави. Така им кажи, като ги видиш.

К измърмори нещо и излезе.

Вървеше по улицата, чудейки се къде още да попита, когато едно от децата го настигна тичешком:

– Мистър, мога да ви кажа къде е фермата на Фъсахи! – извика то. К спря. – Ама е празна, никой няма там – продължи хлапето. После посъветва К да тръгне на север по пътя към Кръйдфонтейн, после да се отклони на изток по коларския път през долината на Муърденаарсръфир.

– На какво разстояние от пътя е фермата? – попита К. – Близо или далече?

Момчето не беше наясно; същото се отнасяше и за другарите му.

– Ще се отклоните щом видите табелата – каза то. – Фъсахи е преди планините. Пеш е доста далечко.

К даде на децата дребни монети за бонбони.

По пладне стигна до указателната табела и зави по пътека, която го отведе в изоставено посивяло поле. Слънцето се беше снижило, когато К се изкачи на билото и зърна ниска белосана ферма, отвъд която ландшафтът се променяше от леко нагънати терени, през хълмисти местности, до мрачните и стръмни склонове на планините. К се приближи до къщата и я обиколи. Капаците бяха спуснати, един див гълъб се мушна в някаква дупка, образувана от излющен фронтон, зад който се бяха оголили гредите, а покривът се беше изкорубил. Една от носещите греди свободно и монотонно се полюшваше на вятъра. Зад къщата имаше алпинеум, в който нищо не растеше. Нямаше никаква допълнителна пристройка, както К си представяше, а само сайвант от дърво и желязо, срещу него – празен кокошарник, на чийто плет бяха закачени жълти найлонови лентички като онези, които се поставят на вратите, за да не влизат мухи. На възвишението зад къщата стоеше помпа, чиято горна част липсваше. Навътре в полето проблясваше ръчката на още една помпа. Предната и задната врата на къщата бяха заключени. К рязко дръпна капака и ограничителната кука се освободи. Като заслони очи с ръка, К надникна през прозореца, но не различи нищо вътре.

Когато влезе в сайванта, две изплашени лястовици изхвърчаха. По-голямата част от пода беше заета от брана, потънала в прах и паяжини. Неспособен да види каквото и да било в сумрака, задушен от миризмата на парафин, вълна и катран, К започна да рови покрай стените, между мотики и лопати, парчета тръби, навити на обръч жици, кашони с празни бутилки, докато най-накрая стигна до куп празни чували, които измъкна на открито, изтупа и просна на верандата, за да си направи легло.

Изяде последната бисквита от пакета, който си беше купил. Бяха му останали пет от десетте ранда, но вече не му вършеха работа. Започна да се здрачава. Под стрехите се чуваше пърхане на прилепи. К легна и се заслуша в шумовете на нощния въздух – въздух, по-гъст от дневния. Вече съм тук, помисли си той. Или поне съм някъде. После заспа.

Първото нещо, което видя на сутринта, бяха кози, които се носеха към фермата. Стадо от дванайсет или четиринайсет животни се появиха иззад къщата и бавно прекосиха двора, водени от стар пръч със завити рога. К се изправи и седна в леглото, за да гледа как козите затрополиха по пътеката към речното корито. След миг стадото вече беше изчезнало от поглед. К седеше и разсеяно връзваше обувките си, когато му хрумна, че тези проблейващи дългокосмести зверове, както и всички подобни на тях, можеха да бъдат заловени, убити, нарязани и изядени с цел собственото му оцеляване. Въоръжен с джобното си ножче, К се втурна след козите. Прекара цял ден в преследването им. В началото диви, те постепенно свикнаха с човешкото присъствие подире им; когато слънцето започна да прежуря, спираха от време на време и го оставяха да се приближи на няколко крачки, след което отново хукваха напред. В такива моменти, прокраднал се съвсем близо до тях, К усещаше как цялото му тяло се разтреперва. Не можеше да повярва, че се е превърнал в дивак с гол нож в ръката; не успяваше да се отърси от страха, че забие ли острието в петнистата кафяво-бяла шия на пръча, джобното ножче ще се сгъне и ще пореже собствената му плът. В този момент козите припваха отново и за да не губи присъствие на духа, К трябваше да си повтаря: „Те мислят за много неща, аз мисля за едно-единствено; в крайна сметка моята единствена мисъл ще се окаже по-силна от техните разпилени мисли." Опитваше се да подгони козите до някоя ограда, но те винаги успяваха да му се изплъзнат.

Забеляза, че стадото го върти в голям кръг – около помпата и яза, които беше забелязал от фермата предишния ден. Отблизо можеше да различи, че квадратното бетонно водохранилище прелива; на метри наоколо се разливаше кална вода и избуяваше тучна блатна трева. Когато приближи, дочу цамбуркане на жаби. Чак след като пи вода, се зачуди на цялото това изобилие и се запита кой ли се грижи язът да е пълен. По-късно следобед, докато преследваше упоритата си плячка – козите, които сега вяло му подбягаваха от едно сенчесто място на друго, отговорът сам дойде: надигна се лек вятър, колелото проскърца и се завъртя, помпата глухо издрънча и от тръбата потече неравномерна струя.

Прегладнял и изтощен, отдаден на преследването дотолкова, че беше неспособен вече да се откаже, уплашен, че през нощта може да изгуби плячката си из огромното непознато поле, К домъкна чувалите и подреди леглото си върху голата земя под пълната луна, възможно най-близо до козите, след което започна да дреме на пресекулки. Събуди се посред нощ от плискане и блеене – козите пиеха вода. Все още замаян от изтощение, той се надигна и се затътри към тях. За миг те се скупчиха една до друга с лице към него и с крака до половина нагазили във вода. Когато К скочи при тях във водата, те, обезумели, се разпръснаха във всички посоки. Почти успя да улови с крака една от козите, но тя се изскубна, подхлъзна се и се замята като риба в калта, в опит да се изправи. К се хвърли с цяло тяло върху ѝ. „Трябва да съм твърд – помисли си той, – да я натискам докрай; не трябва да омеквам.“ Усещаше как задницата на животното се надига зад гърба му, как козата ужасено проблейва, как тялото ѝ се гърчи в спазми. К възседна козата, стисна шията ѝ с ръце и с всичка сила я натисна под водата, в гъстата тиня. Задницата ѝ продължаваше да се мята, но К стискаше тялото межу коленете си като в менгеме. В един момент съпротивата започна да отслабва и К за малко да отпусне хватката. Но импулсът му отмина. Дълго след последното изхъркване на козата той продължи да натиска главата ѝ в калта. Чак когато крайниците му започнаха да се вкочаняват от студената вода, се надигна и изпълзя навън.

До края на нощта К не можа да заспи, обикаляше напред-назад в мокрите си дрехи и тракаше със зъби, а луната пътуваше из небето. На зазоряване, когато стана достатъчно светло, за да вижда, той се върна във фермата и без много да му мисли строши с лакът прозореца. Последното издрънчаване на последното парченце стъкло утихна, след което се възцари предишната дълбока тишина. К освободи дръжката и широко отвори прозореца. Обиколи всички стаи. Но там нямаше нищо освен няколко по-едри мебели – бюфети, легла, гардероби. Краката му оставяха следи върху прашния под. Когато влезе в кухнята, се разнесе пърхане на крила – през дупката в покрива бяха нахлули птици. Навсякъде имаше курешки; до отсрещната стена, там, където се беше срутил фронтонът, лежеше купчина камъни и мазилка, от която бе поникнало хилаво полско растение. Към кухнята имаше и малък килер. К отвори прозореца и дръпна капаците. По протежение на едната стена бяха подредени дървени сандъци, всичките празни, освен един, в който имаше нещо като пясък и миши изпражнения. На една от лавиците имаше разхвърляни парчетии от кухненска посуда, остатъци от сервизи, пластмасови чаши, стъклени буркани, покрити с прах и паяжини. На друга лавица седяха полупразни бутилки с олио и оцет, кутии с пудра захар и мляко на прах, както и три бутилки с конфитюр. К отвори една, разчупи восъчната запушалка и напълни устата си с нещо, което имаше вкус на кайсии. Повдигна му се от сладостта на плодовете, съчетана с миризмата на тиня, която се изпаряваше от влажните му дрехи. Изнесе бутилката навън, застана на слънце и бавно изяде остатъка.

Отново прекоси полето до мястото на яза. Все още трепереше, макар въздухът да се беше постоплил. Кално-кафявият хълбок на козата стърчеше над водата. К нагази и с всичка сила задърпа трупа за задните крака навън от водата. Зъбите на козата бяха оголени, жълтите ѝ очи – изцъклени; струйка вода се проточваше от устата ѝ. Женска беше. От неустоимия глад, обзел К предишния ден, нямаше и помен. Мисълта да нареже и погълне това грозно нещо с влажна сплъстена козина го отврати. Останалите кози стояха на разстояние, наперили уши към него. Не можеше да повярва, че е прекарал цял ден да ги преследва като луд с ножа си. Представи си как язди до смърт козата в тинята под лунната светлина и потрепери при мисълта за това. Прииска му се да я погребе някъде и да забрави за случката; или пък друго – да я плесне по задницата, а тя да скочи на крака и да избяга. Отне му часове да я довлече през полето във фермата. Нямаше начин да отключи вратите. Трябваше да я вдигне до нивото на прозореца и да я набута в кухнята. Тогава му хрумна, че би било глупаво да я разфасова вътре, ако въобще кухнята – с всичките там птици и растения – се броеше за вътре. Затова я избута отново навън. Обзе го чувството, че смисълът на цялото му пътуване дотук започва да му убягва. Наложи се да обикаля напред-назад, покрил с ръце лицето си, докато се успокои.

Никога досега не беше изкормвал животно. За целта можеше да използва само джобното си ножче. Сряза корема и пъхна ръка в разреза; очакваше да усети топлината на кръвта, но отвътре го посрещна същата лепкава и тинеста влага. Загреба с шепа и след миг вътрешностите тупнаха в краката му – сини, лилави и розови; трябваше да извлече трупа малко по-далече, преди да продължи. Одра кожата доколкото можа, но не успя да отсече главата и краката, докато не претърси сайванта и не намери бичкия. В крайна сметка одраното и почистено животно, което окачи от тавана в килера, изглеждаше дребно в сравнение с купчината карантии, които събра в един чувал и зарови в най-високата част на алпинеума. Ръцете и ръкавите му бяха покрити със сесирена кръв; наблизо нямаше вода; изтърка ги с пясък, ала когато се върна в къщата, мухите продължиха да се роят около него.

Почисти печката и стъкна огън. Нямаше съд, в който да готви. Откъсна един бут от козата и го въртя над пламъка, докато месото отвън се овъгли и соковете му започнаха да капят по печката. Нахрани се с удоволствие, а единствената му мисъл беше: какво ще правя, когато изям цялата коза?

Сигурен бе, че се е простудил. Кожата му беше суха и гореше, болеше го глава, трудно преглъщаше. Занесе няколко стъклени буркана до яза, да ги напълни. На връщане силите му изведнъж го напуснаха и се принуди да седне. Както си седеше насред голото поле с глава между коленете, започна да си представя, че лежи в чисто легло върху ослепително бели чаршафи. Закашля се, после издаде бухащ звук като на сова. Звукът се отдели от тялото му без да отекне. Макар че гърлото го болеше, повтори звука. За пръв път, откакто беше напуснал Принс Албърт, чуваше собствения си глас. Помисли си: тук мога да издавам каквито звуци си пожелая.

На свечеряване вече имаше треска. Примъкна леглото си от чували в предната стая и заспа там. Сънува, че лежи в тъмното като рог общежитие на „Хъйс Норениус". Когато протегна ръка, докосна желязната топка на таблата на леглото; от дюшека с кокосови влакна се разнасяше миризма на застояла урина. Уплашен да помръдне, за да не събуди спящите наоколо момчета, той лежеше с отворени очи, така че да не попадне отново в застрашителните лапи на съня. Часът е четири – каза си, – към шест ще се развидели. Независимо колко широко отворени държеше очите си, не можеше да различи къде се намира прозорецът. Клепачите му натежаха. Пропадам – помисли си той.

На сутринта се почувства ободрен. Обу си обувките и взе да обикаля из къщата. Върху гардероба откри куфар; вътре обаче имаше само счупени играчки и парченца от пъзел. В къщата нямаше нищо, което да му е от полза, нито пък знак защо семейство Фъсахи, които бяха живели там, са се изнесли. В кухнята и килера се разнасяше шум от жуженето на мухите. Въпреки че нямаше апетит, К стъкна огън и свари малко козе месо в консервна кутия от конфитюр. В един буркан в килера намери няколко чаени листенца; направи си чай и се върна в леглото. Отново беше започнал да кашля.

Кутията с праха седеше в ъгъла на дневната. К се надяваше, че майка му, която в някакъв смисъл се намираше в кутията и в някакъв смисъл не се намираше там, вече освободена, с дух, свободен във въздуха, най-после е намерила покой близо до родената си земя.

Имаше някаква наслада в това да се отдаде на болестта. Отвори всички прозорци и се заслуша в гълъбите, в тишината. През целия ден заспиваше и се събуждаше. Когато следобедното слънце го огря, стана и спусна капаците.

Вечерта отново го втресе и започна да бълнува. Опитваше се да прекоси някакъв безводен терен, който се накланяше на една страна и заплашваше да го хвърли от ръба си. К лежеше на земята, забиваше нокти в пръстта и усещаше как не успява да се задържи и полита в тъмнината.

След два дни пристъпите на треската отминаха; след още един ден К започна да се възстановява. Козата в килера вонеше. Поуката, ако имаше такава, ако въобще някакви поуки се съдържаха в събитията, изглежда беше, че не трябва да убива толкова големи животни. К си издяла пръчка, разклонена в единия край. С помощта на език от стара обувка и гумени уплътнители си направи прашка, с която да цели птиците по дърветата. Остатъците от козата зарови.

Изследва едностайните хижи на склона зад фермата. Бяха построени от тухли и хоросан, с циментови подове и железни покриви. Не беше възможно да са по-стари от петдесет години. Но няколко метра встрани се издигаше порутена правоъгълна сграда от тухли и кал, изникнала сякаш от голата земя. Дали майка му не беше родена там – сред градината с бодливата круша? К донесе от къщата кутията с праха, постави я в средата на правоъгълните руини, седна и зачака. Не знаеше какво да очаква; каквото и да беше то, не се случи. Бръмбар се щураше по земята. Подухна вятър. Върху парче спечена кал стоеше една картонена кутия, нищо друго. Очевидно трябваше да предприеме следваща стъпка, но все още не си представяше каква би могла да е тя.

Обиколи цялата ферма покрай плета и не откри никаква следа от съседи. В корито, покрито с лист ламарина, намери гниеща храна за овце; загреба шепа царевица и я изсипа в джоба си. Върна се при помпата и започна да я човърка, докато не откри как работи спирачният механизъм. Свърза скъсаната жица и спря налудното и напразно въртене на колелото.

Въпреки че продължи да спи в къщата, не се чувстваше добре там. Скиташе из празните стаи и се усещаше нереален като въздуха. Пееше си и чуваше ехото на гласа си от стените и тавана. Премести леглото си в кухнята, където поне можеше да вижда звездите през дупката в покрива.

Дните прекарваше до яза. Една сутрин си съблече всичките дрехите и ги изпра, като ги удряше в стената, нагазил до гърди във водата. До края на деня спа под сянката на едно дърво, докато дрехите му се сушаха.

Дойде моментът да върне майка си в земята. Опита да изкопае дупка на билото, на запад от яза. Но на сантиметър дълбочина лопатата му удари в скала. Затова се върна до границата на някога обработваемата земя под яза и там изкопа дупка, дълбока един лакът. Положи вътре кутията с праха и хвърли отгоре първата лопата пръст. След това се разколеба. Затвори очи и се съсредоточи, надявайки се да чуе глас, който да потвърди, че постъпва правилно – гласът на майка му, ако тя все още имаше такъв, или глас, който не принадлежеше никому определено, или дори собственият му глас, който понякога го напътстваше. Но глас не чу. Затова извади кутията от дупката, поемайки сам отговорността, и започна да почиства парче земя насред полето, голямо няколко квадратни метра. После се наведе достатъчно ниско, за да не разпилее вятърът праха, и разпредели нежните сиви прашинки върху почистената земя. Накрая обърна пръстта лопата по лопата.

Така започна животът му на земеделец. На един от рафтовете в сайванта беше намерил пакет с тиквени семки, някои от които неразумно бе опекъл и изял; все още имаше царевични зърна; на пода в килера дори се натъкна на едно бобено зърно. За една седмица оплеви терена около яза и възстанови системата от улеи, които го захранваха. След това зася малка леха с тикви и малка леха с царевица; в близост до реката, откъдето лесно можеше да пренася вода за поливане, засади бобеното зърно, така че, ако израсне, да се увие около акациите.

През повечето време се препитаваше с птиците, които сваляше с прашката. Половината от деня прекарваше в ловуване в района около къщата; другата половина посвещаваше на обработване на земята. Най-голямото му удоволствие идваше по залез слънце, когато отваряше клапана в стената на яза и гледаше как водната струя тръгва по каналите и напоява земята, превръщайки я от бежова в тъмнокафява. Това е, защото съм градинар – мислеше си той, – защото такава е природата ми. Наточи на един камък острието на лопатата, за да усеща по-пълноценно мига, в който тя се врязва в пръстта. Поривът да засажда се беше възродил у него; за броени седмици осъзна, че пробуждането му за живот плътно се свързва с парчето земя, което бе започнал да култивира и със семената, които бе посял.

Имаше мигове, особено сутрин, когато изпадаше в екзалтация при мисълта, че сам той, никой и никакъв, превръща тази пустиня в градина. Но понякога след екзалтацията идваше и усещането за болка, смътно свързана с бъдещето; тогава само трескавата работа можеше да го избави от надвисналото униние.

С постепенното изпомпване водоемът изпускаше все по-слаба струя. Най-съкровеното желание на К беше да възстанови притока на вода от земните недра. Винаги изпомпваше само толкова, колкото беше нужно за напояване на градината, като следеше нивото на водата да пада с не повече от няколко сантиметра и същевременно хладно наблюдаваше как блатото пресъхва, калта се спича, тревата пожълтява, жабите се обръщат по гръб и умират. Не знаеше как точно подземните води се възстановяват, но беше наясно, че не е добре да ги прахосва. Нямаше представа какво лежи под краката му, дали е езеро, течащ поток или бездънно море. Всеки път, когато освобождаваше спирателния кран, а колелото се завърташе и струята потичаше, той го изживяваше като истинско чудо – облягаше се на стената на яза, затваряше очи и потапяше пръсти във водата. Живееше с изгрева и залеза на слънцето – сякаш в джоб извън времето. Кейптаун, войната, пътуването му до фермата – всичко това избледняваше и потъваше в забвение.

Тогава, един ден, тъкмо когато се беше върнал във фермата по пладне, видя предната врата широко отворена и докато стоеше объркан, някаква фигура изпълзя от вътрешността на къщата – блед, пълничък млад мъж с военна униформа.

– Тук ли работиш? – бяха първите думи на непознатия. Беше застанал на най-горното стъпало, сякаш притежаваше къщата. На К не му оставаше друго, освен да кимне.

– Не съм те виждал преди – каза непознатият. – Ти ли стопанисваш фермата?

К кимна.

– Кога е паднал таванът в кухнята? – попита мъжът. Като се опитваше да развърже езика си, К започна да пелтечи нещо. Непознатият не сваляше поглед от устата му.

– Не ме познаваш, нали? – попита той. – Аз съм внукът на господаря Фъсахи.

К премести чувалите си от кухнята в едно от помещенията на склона и освободи къщата за младия Фъсахи. Почувства, че отново го обзема старата безнадеждна тъпота и се опита да я отблъсне. „Може би ще остане само ден-два – помисли си той. – Като види, че тук няма нищо като за него, може да си тръгне, а пък аз ще съм този, който ще остане."

Но както се оказа, внукът просто нямаше как да си тръгне. Същата онази вечер, след като К стъкна огън на склона и си опече двойка диви гълъби за вечеря, внукът се появи от здрача и така се заседя, че К се почувства длъжен да му предложи половината от храната. Момчето се нахвърли като невидяло. Нямаше достатъчно и за двамата. Тогава работата се изясни.

– Когато идеш в Принс Албърт, много внимавай да не се изпуснеш пред някого, че съм тук – започна внукът. Оказа се, че е дезертьор от армията. Избягал предишната вечер от военен влак в Кръйдфонтейн, пътувал цяла нощ, за да пристигне накрая във фермата, която помнел от ученическите си години.

– Семейството ми прекарваше тук всяка Коледа – продължи той. – Пристигаха роднини, докато къщата започнеше да се пука по шевовете. Никога не съм виждал такова ядене. Ден след ден баба ми отрупваше масата с храна, хубава селска храна, а ние изяждахме всичко до последната троха. Агнешко от Кару, каквото никога вече не можеш да вкусиш.

К клечеше и разравяше въглените, почти не слушаше и си мислеше: „Оставих се да повярвам, че това е едно от онези места, които нямат собственик. Сега научавам истината. Научавам си урока.“

Междувременно, колкото повече говореше внукът, толкова повече се разпалваше. Бил анемичен, имал слабо сърце, пишело го в документите му и никой не го оспорвал, но въпреки това го изпратили на фронта. Преназначавали чиновници и ги изпращали на фронта. Как си мислели, че ще се справят без чиновници, как въобще им хрумвало, че може да управляват войната без финансови фирми? Ако дойдат да го търсят – от гражданската или военната полиция, – ако искат да го върнат и да го превърнат в пример за порицание, К трябва да се престори на ням. Да се прави на идиот и нищо да не разкрива. Междувременно внукът ще си приготви скривалище. Познава фермата; може да се скрие на място, където никога няма да им хрумне да го търсят. По-добре К да не знае скривалището. Може ли К да му намери трион? Трябва му трион; още на сутринта искал да се захване за работа. К се съгласи да потърси. Последва дълго мълчание.

– Само с това ли се храниш? – попита внукът. К кимна. – Трябва да садиш картофи – каза внукът. – Картофи, лук, царевица – всичко расте тук, ако го поливаш достатъчно. Почвата е добра. Чудя се защо не си отглеждаш някакви неща при яза.

Вълна на разочарование премина през К. Дори и язът му беше известен.

– Баба и дядо са имали късмет, че са попаднали на теб – продължи внукът. – На днешно време е трудно да се намерят добри работници във фермите. Как се казваш?

– Майкъл – отговори К. Вече се беше стъмнило. Внукът неуверено се изправи.

– Да ти се намира фенерче? – попита.

– Не – отвърна К и се загледа как внукът си проправя път надолу по хълма, облян от лунната светлина.

На сутринта нямаше какво да прави. Не можеше да отиде при яза, защото щеше да издаде градината си. Клекна до една стена в стаята; усещаше как слънцето затопля тялото му, усещаше как времето тече, докато внукът се зададе по склона. „По-млад е от мен с десет години“ – помисли си К. От катеренето младежът беше порозовял.

– Майкъл, няма нищо за ядене! – оплака се внукът. – Никога ли не ходиш до магазина? – и без да чака отговор, бутна вратата и надникна вътре. Изглежда искаше да го укори, но се възпря.

– Колко ти плащат, Майкъл? – попита.

Смята ме за пълен идиот – помисли си К. Смята ме за идиот, който спи на пода като животно, храни се с птици и гущери и не е чувал за такова нещо като пари.

Като гледа значката на фуражката ми, се пита кое ли дете ми я е дало.

– Два ранда – каза К. – Два ранда седмично.

– Та какви са новините от баба и дядо? Идват ли понякога?

К не отговори.

– Откъде си? Не си тукашен, нали?

– На много места съм бил – каза К. – Също и в Кейп.

– Няма ли овце във фермата? – попита внукът. – Или кози? Вчера май мернах някакви кози, десет-дванайсет кози около яза – добави той и си погледна часовника. – Хайде, да вървим да намерим козите.

К си спомни за козата в калта.

– Тези кози са подивели – каза. – Не можеш да ги хванеш.

– Ще ги хванем при яза. Като сме двама, ще успеем.

– Идват при яза нощем. През деня обикалят из полето – обясни К, а наум си помисли: войник без оръжие. Момче в търсене на приключения. За него фермата е чисто и просто място за приключения. И допълни: – Остави козите. Ще ти намеря нещо за ядене.

Докато от къщата се разнасяше звукът на триона, К си взе прашката, слезе надолу по реката и за около час успя да убие три врабчета и един гълъб. Донесе мъртвите птици до входната врата и почука. Внукът, гол до кръста и потен, излезе да го посрещне.

– Много добре – каза. – Можеш ли набързо да ги изчистиш? Много ще съм ти благодарен.

К вдигна четирите птици за краката; ноктите им се бяха оплели едни в други. Капчица кръв беше застинала на човката на едното врабче.

– Толкова са мънички, че няма какво да сдъвчеш – каза му. – Няма да те оцапат, даже и малкото ти пръстче.

– Какво, по дяволите, означава това? – викна внукът на Фъсахи. – Какво имаш предвид, да ти се невидяло? Ако искаш да кажеш нещо, казвай направо! Остави ги долу, аз ще се погрижа!

И К остави четирите птици на вернадата пред входната врата, след което си тръгна.

Първите къси тиквени стебла пробиваха земята тук-там. К отвори шлюза за последен път и се загледа как водата бавно си проправя път през полето, а земята потъмнява. „Сега, когато съм им най-нужен – помисли си той, – си изоставям децата.“ Затвори шлюза, завъртя дръжката надолу, докато клапанът се затвори плътно, като по този начин прекъсна струята, която пълнеше коритото, от което пиеха козите.

Занесе четири буркана с вода във фермата и ги остави на стъпалата. Внукът, отново с риза, се появи в далечината с ръце в джобовете. След известно мълчание заговори:

– Майкъл – каза. – Не съм аз този, който ти плаща; не мога да те уволня от фермата току-така. Но трябва да работим заедно, иначе… – и той погледна К.

Думите, независимо какво изразяваха – обвинение, заплаха, укор, – се стовариха върху К и го задушиха. „Това е просто въпрос на поведение, нищо повече – каза си той. – Само трябва да запазя спокойствие.“ Въпреки това усети как тъпотата пропълзява по тялото му като мъгла. Не знаеше какво да прави с ръцете си. Обърса уста и се втренчи в кафявите ботуши на внука, като си помисли: „Вече не можеш да си намериш такива в магазините.“ Опита да се съсредоточи върху тази мисъл, за да се успокои.

– Искам да идеш до Принс Албърт, заради мен, Майкъл – каза внукът. – Ще ти дам списък с нещата, които са ми нужни, и пари. Ще платя нещичко и на теб. Просто не говори с никого. Не казвай, че си ме видял, не казвай за кого купуваш нещата. Не казвай, че ги купуваш за някой друг. Не купувай всичко от един магазин. Вземи половината от Ван Рин, а останалото – от кафенето. Не се спирай да разговаряш – прави се, че бързаш. Разбра ли?

„Само да не се загубя" – помисли си К. После кимна. Внукът продължи:

– Майкъл, говоря ти като човек на човек. Има война, умират хора. Аз не съм във война с никого. Постигнах своя мир. Разбираш ли? В мир съм с всички. Тук, във фермата, няма война. С теб можем да си живеем тихо и кротко, докато навсякъде се възцари мир. Никой няма да ни безпокои. Мирът ще дойде съвсем скоро. Работех в министерство на финансите, Майкъл – знам какво става. Знам колко мъже дезертират всеки месец; неизвестно местонахождение, прекратено плащане, открита съдебна процедура. Разбираш ли какво имам предвид? Мога да ти кажа цифри, които ще те зашеметят. Не съм единственият. Съвсем скоро, казвам ти, няма да им достигат мъже, които да проследяват избягалите. Това е голяма страна! Само се огледай! Има много места, където да отидеш! Много места, където да се скриеш! Просто искам да се покрия за известно време. Не след дълго ще се откажат да ме търсят. Та аз съм рибка в големия океан. Но ми е нужно съдействието ти, Майкъл. Трябва да ми помогнеш. Иначе и за двама ни няма бъдеще. Разбираш ли?

И така, К потегли от фермата със списък за покупки и четиридесет ранда в банкноти. Намери до пътя някаква стара консервна кутия, сложи парите вътре и ги зарови под един камък до портата на фермата. После пое през полята, като гледаше слънцето да му се пада винаги отляво и избягваше да минава в близост до населени места. Следобед тръгна да се катери, докато спретнатите бели къщи на Принс Албърт се появиха някъде долу, на запад от местонахождението му. Като се движеше само по склоновете, той заобиколи града и излезе на пътя, който се изкачваше към Суартберх. Потегли нагоре – черна сянка в майчиното си палто, което го предпазваше от студа.

Високо над града се зае да търси място за нощуване и откри пещера, която очевидно е била използвана от лагеруващи. Имаше каменно огнище и уханно легло от изсъхнала мащерка, разстлана по пода. Стъкна огън и опече гущер, който беше убил с камък. Отворът небе над него постепенно стана тъмносин, появиха се звезди. К се сгуши, пъхна ръце в ръкавите и се унесе. Вече му се струваше невероятно, че познава някой, обявил се за внук на Фъсахи, който се бе опитал да го превърне в слуга. Каза си, че до ден-два е най-добре да забрави за момчето и да си спомня само за фермата.

Помисли и за тиквените листа, пробили земята. „Утре ще е последният им ден – разсъждаваше той. – Ден след ден ще клюмват и постепенно ще загиват, докато аз съм тук, в планините. Може би, ако тръгна призори и тичам цял ден, ще успея да стигна навреме, за да ги спася – тях и останалите семена, които ще умрат в земята, макар и да не знаят, че никога няма да видят светлината на деня.“ Нишката нежност, която се обтягаше между него и парчето земя до яза, трябваше да бъде скъсана. Струваше му се, че подобна нишка се къса само няколко пъти, преди изцяло да изчезне.

Прекара деня в безделие – седнал на входа на пещерата, вперил поглед в далечните върхове, тук-там покрити със сняг. Беше гладен, но не предприе нищо. Наместо да се вслуша в стоновете на тялото си, той се разтвори в огромната тишина наоколо. Заспа лесно и сънува сън, в който тичаше бързо като вятър по някакъв открит път, а зад него летеше количката, чиито гумени колела едва докосваха земята.

Склоновете наоколо бяха толкова стръмни, че слънцето се появяваше чак по обед, а после изчезваше по средата на следобеда зад западните върхове. През цялото време му беше студено. Затова се изкачи по-нагоре, криволичейки по склона, докато пътят долу изчезна от погледа и пред очите му се разкри широкото поле на Кару, а Принс Албърт остана километри надолу. Откри нова пещера и окастри няколко храста, за да застеле пода. Помисли си: „Сега със сигурност съм на най-задъненото място, на което може да стъпи човешки крак; няма друг толкова луд, който да прекоси полетата, да изкачи планините и да претърси скалите, за да ме намери; със сигурност сега, когато аз съм единственият на света, който знае къде се намирам, мога да смятам себе си за изгубен."

Всичко беше останало зад гърба му. Когато се събуди на сутринта, видя огромния бял ден – единствен по рода си. Помисли си, че е като термит, който проправя пътя си в скалата. Очевидно не му оставаше друго, освен да живее. Седеше така неподвижно, че не би се стреснал, ако отнякъде дойдеха птици и кацнеха по раменете му.

Като присвиеше очи, можеше понякога да забележи малка точица – автомобил, който пъпли по главната улица на миниатюрния град долу в полето. Но дори в найтихите дни до него не достигаше никакъв шум, с изключение на подскачащите по земята насекоми, жужащите мухи, които не бяха го забравили, и кръвта, пулсираща в ушите му.

Не знаеше какво ще се случи оттук нататък. Историята на живота му никога не бе била особено интересна; обикновено все се намираше някой, който да му каже как да постъпва; а сега нямаше никой и най-доброто, което изглежда можеше да стори, беше да чака.

Мислите му се връщаха във Вейнберх Парк, едно от местата, където беше работил в миналото. Спомняше си младите майки, които водеха децата си да играят на люлките, двойките, излежаващи се под сянката на дърветата, зеленоглавите патици в езерото. Вероятно войната не беше попречила на тревата да расте във Вейнберх Парк, а листата продължаваха да капят. Винаги щяха да са нужни хора, които да косят тревата и да помитат листата. Но самият той вече не беше сигурен, че мястото му е сред зелени поляни и дъбове. Когато си спомняше Вейнберх Парк, мислеше си за една земя, по-скоро растителна, отколкото минерална, земя, съставена от изгнилите миналогодишни листа, от листата, изгнивали назад във времето до самото му начало, земя толкова мека, че можеше да я копаеш, без никога мекотата ѝ да свърши; да я копаеш, докато стигнеш центъра на земята от Вейнберх Парк и до самия си център тя да остане хладна и тъмна, и влажна, и мека. „Вече не обичам такава земя – помисли си той. – Вече не копнея да усещам тази земя между пръстите си. Вече не искам зеленото и кафявото, а жълтото и червеното; не влажното, а сухото; не тъмното, а светлото; не мекото, а твърдото. Превръщам се в различен човек – помисли си той, – ако въобще съществуват различни хора. Ако ми прережат вените – погледна китките си, – кръвта няма вече да шурти от мен, а ще прокапва и не след дълго ще се съсири, и те ще оздравеят. С всеки ден ставам по-малък, по-твърд и по-сух. Ако се случи да умра тук, седнал на входа на пещерата, загледан в полето долу, с брадичка, подпряна на коленете, за един ден вятърът ще ме изсуши и ще си остана цял, като пустинник, удавен в пясъка.“

Първите дни в планината К ходеше на разходки, повдигаше камъните, гризеше корени и луковици. Веднъж разрови гнездо на мравки и хапна ларви. Имаха вкус на риба. Но постепенно престана да превръща яденето и пиенето в приключение. Отказа се да изследва новия свят. Да подрежда пещерата си в дом или да следи хода на дните. Нямаше какво да очаква, освен гледката всяка сутрин, когато сянката на планинския ръб все по-бързо тичаше към него, докато накрая изведнъж биваше облян в светлина. Тогава сядаше или лягаше неподвижно пред входа на пещерата, твърде уморен, за да се движи, или може би твърде апатичен. Цели следобеди прекарваше в сън. Питаше се дали не живее в така нареченото блаженство. Веднъж се случи ден с тъмни облаци и дъжд, след което целият планински склон беше осеян с малки розови цветчета, цветчета без ни едно листо, доколкото можеше да види. К изяде цели шепи от тези цветя и стомахът го заболя. Колкото по-горещи ставаха дните, толкова по-бързо течаха потоците, а К не разбираше защо е така. В кристалната планинска вода му липсваше горчивият вкус на подземната вода. Венците му кървяха; поглъщаше кръвта.

Като дете К беше гладувал подобно на всички деца в „Хъйс Норениус“. Гладът бе ги превърнал в животни, които крадяха от чиниите на другия и се прекачваха в кухнята да ровичкат из кофите за смет в търсене на кокали и обелки. После К поотрасна и престана вечно да иска. Каквато и да беше природата на звяра, ръмжащ в него, гладът постепенно я бе смазал. Последните му години в „Хъйс Норениус“ бяха най-хубавите – нямаше по-големи момчета, които да го тормозят, когато се усамотяваше на тайното си място зад навеса. Един от учителите караше всички деца в класа да стоят с ръце на главите, със здраво стиснати устни и затворени очи, докато обикаляше редиците с дълга линия в ръка. С течение на времето тази поза престана да бъде за К наказание и се превърна във възможност за мечтание; спомняше си как седи с ръце на главата в горещите следобеди, гълъбите гукат в евкалиптите, от другите класни стаи долита монотонното потракване по чиновете, а той се бори със сладостната дрямка. Сега, на входа на пещерата, понякога сключваше пръсти зад тила, затваряше очи и изпразваше главата си – нищо не искаше, нищо не очакваше.

Друг път мислите му се връщаха към внука на Фъсахи в неговото скривалище, където и да се намираше то – в мрака под пода, сред мишите изпражнения, в бюфета в таванската стая или пък из нивите на дядо му зад някой храст. Мислеше за хубавите му ботуши, прахосани от човек, който живееше скрит в дупка.

Струваше му усилие да държи очите си отворени срещу блясъка на слънцето. Усещаше постоянното пулсиране на кръвта; копия от светлина пронизваха главата му. После вече не можеше да задържа нищо в стомаха си; дори от водата му се повръщаше. Един ден беше толкова уморен, че не успя да стане от леглото си в пещерата. Черното палто вече не го топлеше и той трепереше постоянно. Мина му през ума, че може да умре, той или тялото му – все това, да остане да лежи там, додето мъхът на тавана потъмнее пред очите му; че историята му може да свърши с костите му, белеещи се в това забравено място.

Отне му цял ден да пропълзи надолу по планинския склон. Краката не го държаха, главата го блъскаше, всеки път, когато погледнеше надолу, му се завиваше свят и трябваше да се вкопчва в пръстта, докато световъртежът премине. Когато стигна до нивото на пътя, долината вече тънеше в дълбока сянка; и последната светлина угасна, когато влезе в града. Обгърна го уханието на разцъфнали праскови. Имаше и глас, идващ от всички страни – спокойният равен глас, който бе чул първия път, когато зърна Принс Албърт. Застана в горния край на Хай стрийт сред злачните градини, неспособен да произнесе и дума, макар напрегнато да слушаше; слушаше далечния монотонен глас, който постепенно се смеси с цвърченето на птиците в дърветата, след което отстъпи място на музиката.

По улиците нямаше никой. К се подслони пред клона на банката „Волкскас“, като подложи под главата си гумената изтривалка. Не след дълго премръзна и започна да трепери. Спа на пресекулки, стиснал зъби от болки в главата. Събуди се от светлината на фарове, но не можа да разграничи случващото се от съня, в който продължаваше да е потопен. На въпросите на полицаите отговори неясно – с викове и охкане.

– Недейте!... Недейте!... Недейте!... – възклицаваше той, а думите излизаха като кашлица от дробовете му. Нищо неразбиращи, погнусени от миризмата му, полицаите го натовариха в камионетката, откараха го на гарата и го заключиха в килия с още петима мъже, където К отново се разтрепери и потъна в делириума.

На сутринта, когато изведоха затворниците от килията, за да се измият и закусят, К беше възвърнал разума си, ала не можеше да се държи на крака. Извини се на надзирателя, който седеше на вратата:

– Имам някакво схващане в краката; ще премине – каза той. Надзирателят повика дежурния полицай. Двамата огледаха измършавялото тяло, което седеше подпряно на стената и разтриваше разголените си прасци. След това изнесоха К на двора, където той се сгърчи под ярките слънчеви лъчи, и наредиха на един от другите затворници да му даде храна. К получи голямо парче гъста царевична каша, но още преди първата лъжица да стигне до устата му, започна да му се гади.

Никой не знаеше откъде идва. Нямаше документи, нямаше дори зелена карта. В списъка с арестуваните фигурираше като „Майкъл Фъсахи – военен съд – 40 – безработен" и беше обвинен в напускане на района на местоживеене без разрешение, липса на лични документи, нарушаване на полицейския час, злоупотреба с алкохол и нарушаване на обществения ред. Предвид немощта и несвързаното му бръщолевене, прибавени към алкохолното отравяне, разрешиха му да остане в двора, докато останалите затворници се върнаха в килиите. По пладне го натовариха в задната част на камионетката и го закараха в болница. Там му съблякоха дрехите и го сложиха да легне гол на гумена постелка, а една млада сестра го изми, обръсна и облече в дълга бяла риза. К не усети срам.

– Кажи ми, винаги съм искал да разбера кой е Принц Албърт? – попита той сестрата. Тя не му обърна внимание. – А кой е Принц Алфред? Има и такъв, нали? – добави той и затвори очи в очакване меката топла кесия да докосне лицето му.

И ето, отново лежеше в чисти чаршафи, но не в главното отделение, а в дълга пристройка от дърво и желязо в задната част на болницата, където забеляза, че са настанени само деца и старци. От голите покривни греди висяха ред електрически крушки, окачени на дълги жици, и се полюшваха – всяка в различна посока и ритъм. От ръката му излизаше тръбичка, която свършваше в буркан, окачен на стойка; ако искаше, с крайчеца на окото си можеше да следи как течността в буркана намалява час след час.

Когато в един момент се събуди, видя на вратата медицинска сетра и полицай, които гледаха към него и си шепнеха нещо. Полицаят носеше под мишница шапката си.

Следобедното слънце се процеждаше през прозореца. На устата му кацна муха. Пропъди я с ръка. Насекомото направи няколко кръгчета и отново кацна на същото място. К се отказа да я гони; остави устната си на хладното хоботче, което я претърсваше милиметър по милиметър.

Дежурният се появи с количка. Всеки получи поднос, с изключение на К, който помириса храната и устата му се изпълни със слюнка. За първи път от много време насам изпитваше глад. Не бе сигурен, че отново иска да се превърне в роб на глада. Но изглежда болницата беше място за телата, а телата предявяваха своите права.

Здрачаваше се; после падна мрак. Някой запали лампите – над две-три от леглата. К затвори очи и заспа. Когато ги отвори, лампите продължаваха да светят. После постепенно светлината им избледня и угасна. Четири сребърни лунни лъча проникнаха през четирите прозореца. Някъде наблизо изръмжа дизелов мотор. Фаровете му мъждиво проблеснаха. К заспа.

На сутринта успя да изяде закуската от детска каша и мляко. Почувства се достатъчно силен да се изправи, но се стесняваше да го направи, докато не видя някакъв възрастен мъж да облича болничен халат над пижамата си и да излиза от стаята. След това К се изправи и направи няколко крачки около леглото, но се почувства неудобно в бялата риза.

На съседното легло лежеше момче с превръзка на ръката, или на онова, което бе останало от нея.

– Какво ти се е случило? – попита го К. Момчето се обърна на другата страна без да отговори.

„Ако можех да намеря дрехите си – помисли си К, – щях да си тръгна." Но шкафът до леглото му беше празен.

На обяд отново хапна.

– Яж, докато можеш – каза му дежурният, който донесе храната. – Големият глад тепърва предстои – след което продължи да бута количката към другите легла. Думите на дежурния прозвучаха странно. К го наблюдаваше, докато обиколи цялото помещение. Вече в далечния край на отделението, дежурният усети погледа на К и тайнствено му се усмихна, но когато се върна да прибере подноса, не каза нищо повече.

Слънцето, което биеше право в железния покрив, превърна отделението в пещ. К лежеше с разтворени крака и дремеше. Изплува от унеса си, за да види същия полицай и медицинска сестра, надвесени над главата му. Затвори очи; когато отново ги отвори, двамата бяха изчезнали. Падна нощ.

На сутринта друга сестра го заведе до една пейка в централната сграда, където чака около час, докато му дойде редът.

– Как се чувствате днес? – попита докторът. Не знаейки как да отговори, К започна да ломоти нещо, а докторът не го слушаше. Накара К да диша и преслуша гърдите му. Прегледа го и за венерически инфекции. След две минути прегледът приключи. Докторът отбеляза нещо в кафявата папка на бюрото си.

– Ходил ли сте някога на доктор за устата ви? – попита той, докато записваше.

– Не – отвърна К.

– Нали знаете, че може да се коригира? – каза докторът, но не предложи да направи корекция.

К се върна в леглото си и чака с ръце под главата, докато сестрата му донесе дрехи: бельо и прилежно изгладени военна риза и къси панталони.

– Облечи ги – каза му тя и се забърза нанякъде.

Седнал в леглото, К се облече. Панталоните бяха прекалено големи. Когато се изправи, К трябваше да придържа с ръка колана им, за да не се свлекат. В този момент видя на вратата полицая.

– Много са големи – обърна се към сестрата. – Не може ли да ми върнете моите дрехи?

– Ще си ги получите на регистратурата – обясни му тя.

Полицаят го поведе по коридора към регистратурата, където наместо него взе амбалажния пакет. Не си размениха дума. На паркинга стоеше синя камионетка. К почака, докато отключат задната ѝ част; асфалтът беше толкова напечен под босите му ходила, че трябваше да пристъпва на място, докато чака.

Предположи, че ще го върнат в полицейското управление, но вместо това прекосиха целия град и продължиха още пет километра по един прашен път – там се издигаше лагер насред голото поле. От убежището си в планината К беше виждал правоъгълната сграда в охра, където се помещаваше „Якалсдръф“, но бе сметнал, че е някаква строителна площадка. Нито за миг не му беше минало през ума, че може да е някой от преселническите лагери, че палатките и небоядисаните дървено-железни сгради приютяват хора, че околовръст е издигната петметрова ограда, над която е опъната бодлива тел. Когато изпълзя от камионетката, придържайки панталоните си, в К бяха приковани погледите на стотиците любопитни обитатели – възрастни и деца, които надничаха през оградата от другата страна на портала.

На самия портал се издигаше къщичка с покрита веранда, на която имаше два еднакви месести сивозелени кактуса, посадени в тенекии. На верандата ги очакваше як мъж във военна униформа. К разпозна синята фуражка на доброволческия корпус. Полицаят го поздрави и двамата потънаха в къщичката. С пакета под мишница К остана отвън, изложен на инспектиращите очи на тълпата. Най-напред се загледа в далечината; след това – в краката си; не знаеше какво изражение да си докара на лицето.

– Откъде открадна панталоните? – провикна се някой.

– От въжето с пране на сержанта! – долетя друг глас, след което тълпата избухна в смях.

От къщичката излезе още един от доброволческия корпус. Отключи портала на лагера и поведе К през тълпата, като двамата прекосиха голия плац и се насочиха към една от дървено-железните сгради. Вътре беше тъмно, нямаше прозорци. Водачът забеляза едно празно легло.

– Отсега нататък ще живееш тук – каза му той. – Това е единственият ти дом; поддържай го чист.

К се покатери на леглото и се опъна на голия дунапренов дюшек на не повече от ръка разстояние от железния таван. В сумрака, в душната жега той чакаше часовият да напусне помещението.

Цял следобед К прекара в леглото, заслушан в звуците на лагерния живот отвън. По едно време тайфа дечурлига нахълта в помещението и хлапетиите започнаха шумно да се гонят под и над леглата; когато си тръгнаха, тряснаха вратата. К се опита да поспи, но не успя.

Гърлото му беше пресъхнало. Спомни си за хладината в планинската пещера, за потоците, които непрестанно ромоляха. „Тук е като в „Хъйс Норениус“ – помисли си той. – За втори път съм в „Хъйс Норениус“, само дето вече съм прекалено стар, за да го понеса.“ К съблече ризата и късите панталони и отвори пакета, но дрехите вътре, чиято миризма доскоро беше просто неговата собствена миризма, само за няколко дни бяха придобили дъх на спарено, чуждо и непознато. Проснат по гащи на напечения дюшек, К чакаше да свърши следобедът.

Някой отвори вратата и прекоси помещението на пръсти. К се преструваше, че спи. Усети как нечия ръка докосва неговата. Допирът го стресна.

– Добре ли си? – дочу мъжки глас. Светлината, нахлуваща от вратата, му попречи да различи лицето.

– Добре съм – отвърна. Думите му сякаш идваха отдалече. Непознатият излезе на пръсти. К си помисли: „Трябваше да ме предупредят, трябваше да ми кажат, че ме връщат отново сред хората.“

По-късно нахлузи военните дрехи и излезе навън. Слънцето прежуряше; не се усещаше и полъх на вятър. Две жени лежаха върху одеяло под навеса на палатка. Едната спеше, другата притискаше до гърдите си спящо дете. Усмихна се на К; той кимна и отмина. Намери цистерната и пи до насита. На връщане попита жената:

– Дали има някъде място, където мога да си изпера дрехите?

– Имаш ли сапун? – попита тя и му посочи пералното помещение.

– Да – излъга той.

В пералнята имаше два умивалника и два душа, но когато К завъртя крана на душа, се оказа, че няма вода. Изпра бялото яке от Сейнт Джон, черните панталони, жълтата риза и гащите с провиснал ластик; накисването и изстискването му доставиха удоволствие – стоеше със затворени очи и с ръце, потопени до лактите в студената вода. Обу собствените си обувки. Малко по-късно, когато отиде да простре дрехите си на въжето, видя надписа на стената: ЛАГЕР ЗА ПРЕСЕЛНИЦИ „ЯКАЛСДРЪФ" / ВРЕМЕ ЗА КЪПАНЕ / МЪЖЕ 6–7 ч. / ЖЕНИ 7:30–8:30 ч. / СПАЗВАЙТЕ РЕДА / ПЕСТЕТЕ ВОДАТА / БЪДЕТЕ ИКОНОМИЧНИ. Като проследи с поглед тръбата, която излизаше от цистерната, К видя, че тя върви под оградата на лагера и стига до една помпа, забодена на някакво възвишение в далечината.

Жената с бебето го спря:

– Ако оставиш дрехите си там – предупреди го тя, – на сутринта няма да ги намериш.

К събра мокрите дрехи и ги просна на леглото си.

Слънцето залязваше; наизлязоха повече хора; навсякъде щъкаха деца. Трима възрастни мъже играеха карти пред съседната постройка. К се спря да погледа.

Преброи трийсет палатки, пръснати на равно разстояние една от друга из целия лагер, и седем постройки до баните и тоалетните. Бяха налети основите на втори ред постройки и от бетона стърчаха ръждясали болтове.

К отиде до портала. На верандата на къщичката един от двамата часови подремваше в шезлонг, а ризата му беше разкопчана до кръста. К се наведе над мрежата с надежда часовият да се събуди „Защо съм изпратен тук?" – искаше да го попита. „Колко дълго трябва да остана?" Но часовият продължаваше да спи, а К не събра смелост да го извика.

Отново се върна при постройката, в която бе настанен, след което тръгна към цистерната. Не знаеше какво да прави със себе си. Младо момиче с кофа се появи да налива вода, но се спря, когато видя К и пое обратно. К се оттегли към задната част на оградата и се загледа в пустото поле.

В едно-две от каменните огнища между палатките запалиха огньове; хората започнаха да се тълпят; в лагера настъпи оживление. Зададе се синя полицейска камионетка, вдигна облак прах и спря на портала, последвана от камион с открита каросерия, претъпкана с хора. Всички деца в лагера припнаха към портала. Часовият пусна камионетката да влезе в двора и тя бавно се отправи към четвъртата постройка – тази с комина. Две жени слязоха от колата и отключиха сградата; зад тях вървеше шофьорът-полицай и носеше кашон. От мястото, на което се намираше, К долови откъм камионетката припукването на радио. Не след дълго от комина изплуваха първите кълбета черен пушек.

Мъжете от камиона разтоварваха дърва за горене и ги подреждаха от вътрешната страна на портала. Полицаят се върна в камионетката, седна в кабинката и взе да се сресва. Една от жените, едра, с широки панталони, излезе от сградата и заудря гонга. Още преди да отзвучи последният удар, пред вратата се скупчиха деца с чаши, чинии и метални канчета, както и майки с бебета. Жената ги разбута и започна да пуска децата две по две. К се помота малко, след което се подреди накрая на опашката. Когато първите деца започнаха да излизат, К забеляза, че носят супа и филии хляб. Едно момченце се препъна на изхода и разля супата върху краката си. Като пристъпваше предпазливо, сякаш се беше напишкало, то отново се нареди на опашката. Някои от децата седнаха на земята пред постройката, за да се нахранят; други си отнесоха вечерята в палатките.

К стигна до жената на вратата:

– Извинете – започна той, – може ли да хапна нещо? Нямам чиния. Идвам от болницата.

– Това е само за децата – отвърна жената и погледна встрани.

К се върна в спалното помещение и обу черните панталони, които все още бяха влажни. Военните къси панталони захвърли под леглото.

После заговори полицая в камионетката:

– Къде мога да получа нещо за ядене? Не съм искал да идвам тук. Как мога да намеря храна?

– Това не е затвор – обясни полицаят. – Това е лагер. Работиш, както всички останали тук, за да получиш храна.

– Но как да работя, след като съм затворен? Къде е работата, която да върша?

– Омитай се – сопна се полицаят. – Попитай приятелите си. За какъв се мислиш, че да ти се осигурява безплатна прехрана?

„В планината беше по-добре – помисли си К. – И във фермата също, и даже по пътя. По-добре беше и в Кейптаун.“ Представи си горещото тъмно спално помещение, непознатите, наблъскани по леглата около него, въздуха, просмукан от присмех. „Все едно съм се върнал в детството си – помисли си. – Все едно живея в някакъв кошмар.“

Междувременно бяха запалили още огньове и се разнасяше ухание на готвено и дори на скара. Жената с широките панталони му помаха да отиде в кухнята и му връчи пластмасова кофа.

– Измий я – каза му тя – и я прибери тук. Заключи вратата. Нали знаеш как се заключва с катинар?

К кимна. На дъното на кофата беше останала малко супа. Двете жени се качиха в камионетката с полицая;

когато потеглиха, К забеляза, че гледат право напред, сякаш в лагера нямаше нищо, което да привлече вниманието им.

Падна мрак. Около огньовете се бяха събрали хора, които се хранеха и разговаряха; малко по-късно някой засвири на китара и започнаха танци. Най-напред К стоеше в сянката и наблюдаваше; после се почувства глупаво и отиде да си легне в празното спално помещение.

Някой влезе. Когато тъмната сянка се приближи до него, К се обърна.

– Искаш ли цигара? – дочу глас. К прие цигарата и се облегна на стената. Пламъкът на кибритената клечка освети мъж, по-възрастен от него.

– Откъде си? – попита мъжът.

– Днес следобед се разходих до задната ограда – каза К. – Всеки може да я прескочи. Даже дете може да я прескочи за нула време. Защо хората седят тук?

– Това не е затвор – отвърна мъжът. – Не чу ли какво ти каза полицаят? Това е „Якалсдръф“. Лагер. Не знаеш ли какво е лагер? Лагерът е за хора, останали без работа. За всички онези, които се лутат от ферма на ферма и се молят за работа, защото нямат храна, нямат покрив над главата. Такива хора ги докарват в лагера, за да не им се налага повече да просят. Питаш ме защо не избягам? Но защо хора, които няма къде да избягат, да бягат от хубавия живот тук? От меките легла, от безплатните дърва, от въоръжения часови на портала, който спира крадците и те няма как да влязат през нощта и да ти откраднат парите. Откъде идваш, че не знаеш всички тези неща?

К мълчеше. Не разбираше кого обвинява непознатият.

– Ще прескочиш оградата – продължи мъжът – и ще напуснеш дома си. Сега „Якалсдръф“ е твоят дом.

Добре дошъл. Ако си напуснеш дома, ще те пипнат и ще те броят за скитник. Без дом. Първия път те карат в „Якалсдръф“. Втория път – в „Брандфлей“; каторжен труд, тежка работа, тухларници, надзиратели с камшици. Прескачаш оградата, хващат те, второ закононарушение, пращат те в „Брандфлей“. Не забравяй – изборът е твой. А и къде си тръгнал, така или иначе? – сниши глас мъжът. – В планината ли ще идеш?

К не разбираше какво има предвид. Непознатият го плесна по крака.

– Хайде, излизай навън и се включвай в играта. Виждаш ли ги ей там – как претърсват някакви хора на портала? Претърсват ги за алкохол. Алкохолът е забранен в лагера. Затова излизай навън и удари едно.

Така К позволи да бъде отведен в групичката, наобиколила китариста. Музиката утихна.

– Това е Майкъл – представи го мъжът. – Изминал е пеш целия път до „Якалсдръф“ за ваканцията си. Да го посрещнем с добре дошъл.

Накараха го да седне, предложиха му да пие вино от бутилка, увита в амбалажна хартия, и го обсипаха с въпроси. Откъде е? Какво прави в Принс Албърт? Къде са го хванали? Никой не можеше да разбере защо е напуснал големия град, за да дойде в тази забита част на света, където няма работа и цели семейства напускат фермите, в които са живели от поколения насам.

– Тръгнах с майка си, искахме да се установим тук – започна да обяснява К. – Тя беше болна, краката ѝ създаваха проблеми. Щеше ѝ се да живее в провинцията, да избяга от дъжда. Там, където живеехме, валеше по цял ден. Но умря по пътя, в болницата в Стеленбош. Така и не можа да види Принс Албърт, където е родена.

– Горката – възкликна една жена. – Че нямате ли в Кейп социални грижи? – добави тя и без да чака отговор, продължи: – Тук няма социални грижи. Това са ни социалните грижи – и тя посочи лагера.

– После работих по железопътните линии – отново се обади К. – Помагах да се разчисти една линия, блокирана от свлачище. После дойдох тук.

Възцари се мълчание. „Сега трябва да кажа за праха на майка ми – помисли си К, – за да завърша историята." Оказа се обаче, че не може да го направи, или поне не в този момент. Мъжът с китарата подхвана нова мелодия. К усети, че вниманието на групата се оттегли от него и се пренасочи към музиката.

– Няма социални грижи в Кейптаун – каза той. – Край със социалните грижи.

Съседната палатка светна; някой вътре беше запалил свещ. По стените се раздвижиха няколко силуета, по-големи отколкото в действителност. К се облегна назад и се загледа в звездите.

– Тук сме вече от пет месеца – чу глас до себе си. Беше мъжът от спалното помещение. Казваше се Робърт. – Жена ми, децата ми, три момичета и едно момче, сестра ми и нейните деца. Имах работа близо до Клаърструъм, в една ферма. Изкарах там много време – дванайсет години. После изведнъж пазарът на вълна се срина. Въведоха квотна система – толкова и толкова вълна на фермер. После затвориха един от пътищата за Оудтшоорн, после затвориха другия, после отвориха и двата, после окончателнио ги затвориха. И един ден фермерът дойде при мен и ми каза: „Налага се да ви освободя. Много гърла ставате, а не мога да си го позволя." „Къде да се дяна? – попитах го. – Знаеш, че никъде няма работа." „Съжалявам – каза той. – Нищо лично. Просто не мога да си го позволя повече.“ И ни изпрати по живо, по здраво – мен и цялото ми семейство. Задържа само един работник, който беше отскоро във фермата – млад мъж, неженен. Просто още едно гърло повече не можеше да си позволи. Викам му: „Оставам без работа – какво мога *аз* да си позволя?“ Както и да е, събрахме си багажа и напуснахме. Тръгнахме на път и по пътя, честно ти казвам, *по пътя* ни прибра полицията. Той им се обадил и те веднага дойдоха да ни приберат. Същата вечер бяхме зад оградата на „Якалсдръф“. Нямал съм бил постоянно местожителство? Казвам им: „До снощи имах постоянно местожителство. Откъде знаете, че довечера няма да имам?“ Отговориха ми: „Къде предпочитате да нощувате – в храстите на полето като животни или в лагер с нормални легла и течаща вода?“ „А имам ли избор?“ – попитах ги. Отговориха ми: „Имате избор и това е „Якалсдръф“. Защото няма да допуснем хората да се скитат наоколо и да нарушават обществения ред.“ Но ще ти кажа коя е истинската причина, ще ти кажа защо толкова набързо ни прибраха. Искат да сложат край на тези бягства из планините – хората изчезват в планините, после една нощ се връщат, събарят оградите и отвеждат добитъка. Знаеш ли колко мъже има в този лагер – млади мъже? – наведе се Робърт и сниши глас. – Трийсет. Ти си трийсет и първият. А колко са жените, децата и старците? Огледай се и сам виж. Питам те – къде са мъжете, които не са тук, при семействата си?

– Бях в планината – каза К. – Никого не видях.

– Попитай тогава тези жени къде са мъжете им. Ще ти кажат: „Намери си работа и ми праща пари всеки месец“, или пък „Избяга, напусна ме.“ Така че кой знае?

Настъпи дълго мълчание. Слаба светлина премина по небето. К посочи нагоре.

– Падаща звезда – възкликна.

На следващата сутрин К излезе да работи. Най-напред се бяха обадили от Железопътното управление, после от Районната дивизия на Принс Албърт, а накрая и от организацията на местните фермери. Камионът дойде да ги вземе в шест и половина, а в седем и половина вече бяха в Лиу-Гамка, където трябваше да почистват храсталаците нагоре и надолу по течението на едно речно корито, над което минаваше железопътен мост. Освен това копаха дупки и бъркаха цимент за построяването на укрепващ зид. Работата беше тежка; още преди обяд К започна да се олюлява на краката си. „Времето, прекарано в планината, ме превърна в старец“ – помисли си той.

Робърт се приближи до него:

– Преди да си счупиш гърба от работа, приятелю – каза той, – спомни си какво ти плащат. Получаваш установената на ден надница – един ранд. Аз получавам ранд и половина, защото имам семейство. Така че не се претрепвай. Върви и се изпикай. Идваш от болницата, не си добре.

По-късно, когато дойде време за обедната почивка, Робърт предложи на К един от сандвичите си и се излегна до него под сянката на някакво дърво.

– С тези пет-шест ранда на седмица – обясни – трябва да си осигуриш прехраната. Лагерът ти дава само място за спане. Жените, които видя вчера, идват три пъти седмично, но те извършват благотворителна работа само за децата. Съпругата ми работи три пъти седмично по половин ден като домашна прислужница в града. Води бебето със себе си, а другите деца ги оставя на сестра си. Така че двамата изкарваме някъде около дванайсет ранда на седмица. С тях трябва да храним девет души – трима възрастни и шест деца. Има хора, които са много по-зле от нас. Когато няма работа, става лошо – седим зад оградата и затягаме коланите. Има само едно място, където да похарчиш спечелените пари – Принс Албърт. А когато отидеш на пазар в Принс Албърт, изведнъж цените скачат. Защо ли? Ами защото си от лагера. Не искат лагер толкова близо до града. Никога не са го искали. В началото поведоха голяма кампания срещу лагера. Казаха, че сме носели зарази. Нямало хигиена, нямало морал. Гнездо на порока – мъже и жени на едно място. Говореха, че трябвало да се издигне стена по средата на лагера, мъжете от едната страна, жените от другата, с кучета, които да пазят през нощта. Онова, което в действителност искаха, мисля си аз, е лагерът да се намира на мили разстояние, насред Куп, далече от погледа. А ние да се промъкваме на пръсти през нощта като феи и да им свършваме работата – да им прекопаваме градините, да им измиваме съдовете и да изчезваме на сутринта, като оставяме след себе си всичко чисто и красиво. Та ме питаш, кой имал полза от този лагер. Ще ти кажа. На първо място железниците. Железниците биха искали да има по един „Якалсдръф" на всеки десет мили по линията. На второ място – фермерите. Защото една бригада от „Якалсдръф" свършва дневната работа на фермера за жълти стотинки, а вечер пристига камионът, прибира работниците и стопанинът не носи отговорност за тях и за семействата им – и да гладуват, и да мръзнат, той нищо не знае, не е негова работа.

Малко по-далече, но достатъчно, за да не се чува дотам, на сгъваемо столче седеше бригадирът. К го гледаше как си налива кафе от термоса. Дългите му плоски пръсти не можеха да се наместят всичките в дръжката на чашата, затова два от тях щръкнаха нагоре, когато я вдигна да отпие. Погледът му срещна този на К над ръба на чашата. „Какво ли вижда? – помисли си К. – Какво съм за него?“ Бригадирът остави чашата, взе си свирката и без да става я наду с всичка сила.

По-късно същия следобед, докато К се опитваше да отсече корените на някакъв бодлив храст, същият бригадир се приближи и застана зад него. Като надникна под ръката си, К видя чифт черни обувки и ратанов бастун, който небрежно потропваше в прахта. Почувства как го обзема старото безпокойство. Продължи да работи, но ръцете му бяха останали без сили. Чак когато бригадирът се отдалечи, се посъвзе.

Вечерта беше твърде уморен, за да се храни. Изкара навън дюшека, легна и започна да наблюдава как звездите се появяват една по една във виолетовото небе. На път за тоалетните някакъв човек се спъна в него. Настъпи суматоха, от която К се оттегли. Премести дюшека обратно в спалното помещение и легна на леглото си в тъмното, под покривните греди.

В събота им платиха, след което се появи камионът с продоволствията. В неделя дойде и пастор да изнесе служба в лагера. После оставиха портала отворен чак до началото на полицейския час. К отиде на службата. Заедно с жените и децата той се присъедини към всеобщия хор. След това пасторът сведе глава и започна да се моли: „Нека в сърцата ни отново се възцари мир, о, Боже! Нека се върнем в домовете си, без да таим злоба към никого, нека живеем заедно в Твоето име като спазваме Твоите повели.“ После пасторът се обърна към някои от по-възрастните, а накрая се качи в синята камионетка, която го чакаше на портала и си замина.

Сега вече имаха право да отидат до Принс Албърт, да посетят приятели или просто да се поразходят из полето. К видя осемчленно семейство – мъжът и жената, облечени в най-хубавите си официални черни дрехи, момичетата в розови и бели рокли и с бели шапки, момчетата със сиви костюми, вратовръзки и лъснати черни обувки, – което потегли по дългия път към града. Други ги последваха – група момичета, които се смееха, заловени ръка за ръка; китаристът със сестра си и приятелката си.

– Защо не отидем и ние? – предложи К на Робърт.

– Нека младите да вървят, щом искат – отвърна той. – Какво му е толкова интересното на Принс Албърт в неделя? Виждал съм го. За мен не представлява нищо. Ако ти се ходи, отиди с тях. Купи си разхладителна напитка и седни пред някое кафене да си пощиш бълхите. Няма какво друго да се прави там. Щом сме в затвора, по-добре да си седим в него, а не да се преструваме, че го няма.

Въпреки всичко К излезе от лагера и тръгна надолу из „Якалсръфир“, докато телената ограда, постройките и помпата изчезнаха от погледа. Тогава легна в топлия сивкав пясък, покри лице с фуражката и заспа. Събуди се плувнал в пот. Махна фуражката и присви очи срещу слънцето. Светлината блестеше във всички цветове на дъгата и изпълваше цялото небе. „Аз съм като мравка, която не знае къде е дупката ѝ“ – помисли си К. Отново и отново заравяше ръце в пясъка и го оставяше да изтича между пръстите му.

Мустаците, които бяха му обръснали в болницата, вече бяха пораснали и покриваха устната. Въпреки това обаче изпитваше неудобство да седи край огъня с Робърт и семейството му, където децата не сваляха очи от лицето му. Имаше едно малко момченце, което го следваше по петите, където и да седне, и постоянно се протягаше да го сграбчи. Смутената майка все се опитваше да го държи настрана, но детето се мъчеше да се измъкне от нея и хленчеше, докато К се чудеше какво да прави и накъде да погледне. Подозираше, че поотрасналите момичета хихикат зад гърба му. Никога не знаеше как да се държи с другия пол. Може би защото беше слаб или пък защото го смятаха за малоумен, жените от кухнята редовно му предлагаха да мие кофата, от която сипваха супата. Така се хранеше три пъти в седмицата. Даваше на Робърт половината от надницата си, а другата половина държеше в джоба си. Нищо не искаше да купува; никога не ходеше в града. Робърт продължаваше да се грижи за него по различни начини, но вече му спестяваше речите си за лагера.

– Никога не съм виждал някой да спи колкото тебе – каза му Робърт.

– Така е – отвърна К, изумен, че и приятелят му го е забелязал.

Работата около моста приключи. Дадоха на мъжете два дни почивка, след което пристигна общински камион и ги закара да изравняват шосетата. К се нареди с останалите лагерници на портала, но в последния момент отказа да се качи в камиона.

– Болен съм, не мога да работя – каза на часовия.

– Както желаеш, но няма да ти се плати – беше отговорът.

И така, К изнесе дюшека си навън, легна на сянка пред спалното помещение и покри лицето си с ръце, докато лагерът живееше обичайния си живот около него. Лежеше толкова неподвижно, че по-малките деца, които най-напред седяха на разстояние, се опитаха да го събудят, а когато не успяха, включиха тялото му в играта си. Катереха се и падаха връз него, сякаш беше част от двора. Като продължаваше да си крие лицето, той се обърна по корем и откри, че може да дреме дори когато няколко малчугана го яздят. Тези игри му доставиха неочаквано удоволствие. Стори му се, че докосването на децата го изцерява. Изпита съжаление, когато от общината дойдоха да дезинфекцират с вар тоалетните и хлапетата хукнаха да гледат.

К заговори часовия през оградата:

– Може ли да изляза навън?

– Мислех, че си болен. Сутринта ми каза, че си болен.

– Не искам да работя. Защо трябва да работя? Това не е затвор.

– Не искаш да работиш, ама искаш другите да те хранят.

– Няма нужда да ям постоянно. Когато огладнея, ще работя.

Часовият седна в шезлонга на верандата пред къщичката на портала; пушката висеше от едната му страна до стената. Усмихна се някъде в празното.

– Та може ли да отвориш вратата? – попита К.

– Единственият начин да излезеш е с бригадата – каза часовият.

– Ами ако прескоча оградата? Какво ще направиш, ако прескоча оградата?

– Прескочи я и ще те застрелям. Бог ми е свидетел, окото ми няма да мигне, така че не опитвай.

К прокара ръка по бодливата тел, сякаш премерваше риска.

– Ще ти кажа нещо, приятелю – каза часовият. – За твое добро ще ти го кажа, защото си още нов тук. Ако сега те пусна, след три дни сам ще ме молиш да те приема отново. Знам си. След три дни. Ще увиснеш тук на портала и със сълзи на очи ще ме молиш да те пусна обратно. Защо искаш да бягаш? Тук имаш дом, имаш храна, имаш легло. Имаш работа. На хората отвън хич не им е леко, знаеш го, няма какво аз да ти го казвам. Защо ти е да ходиш при тях?

– Просто не искам да съм в лагер, това е всичко – каза К. – Пусни ме да прескоча оградата и да се махна. Обърни се с гръб. Никой няма да забележи, че ме няма. Ти самият не знаеш колко души има тук.

– Прескочи оградата и ще те застрелям, господинчо. Нищо лично. Просто предупреждавам.

На следващата сутрин К остана в леглото, докато другите мъже отидоха на работа. По-късно отново се приближи до портала. Дежурен беше същият часови. Разговориха се за футбол.

– Имам диабет – обясни часовият. – Заради това не ме пращат на север. Вече три години съм писар, склададжия, пазач. Мислиш си, че е лошо в лагера, ама я се опитай дванайсет часа нищо да не правиш, освен да зяпаш трънаците. И все пак ще ти кажа нещо, приятелю, и то е самата истина: в деня, в който ми заповядат да отида на север, ще изляза оттук. Повече няма да ме видят. Не ми е по вкуса тази война. Да си воюват, щом искат.

Часовият попита за устата на К („От чисто любопитство“ – каза) и К му разправи. Часовият кимаше.

– И аз си помислих така в началото. Но после реших, че някой може да те е наранил.

В къщичката на портала имаше малък хладилник. Часовият изнесе студено пилешко и хляб за обяд. Подели го с К, като му подаваше храната през оградата.

– Доста добре си живеем тук, предвид че е военно време – каза той и дяволито се усмихна.

Заговори за жените в лагера и как някои от тях посещавали него и колегите му нощем.

– Зажаднели са за секс – обясни. После се прозя и се върна в шезлонга си.

На следващата сутрин Робърт събуди К, като го раздруса.

– Обличай се, трябва да вървиш на работа.

К му бутна ръката.

– Хайде – продължи Робърт, – днес искат всички на линия, без извинения, без оправдания, трябва да дойдеш.

След десет минути К стоеше на пронизващия утринен вятър пред портала, вече преброен и в очакване на камиона. Преминаха по улиците на Принс Албърт, излязоха на шосето към Клаърструъм, после свиха по един селски път покрай голям сенчест чифлик и спряха насред тучна ливада с люцерна, където чакаха двама въоръжени полицаи-запасняци с ленти на ръцете. Когато слязоха, някакъв селкостопански работник им раздаде сърпове, без да им каже дума, без да ги погледне в очите. Отнякъде изникна висок мъж с току-що изгладени военни панталони. Държеше сърп.

– Всички знаете как се работи със сърп – провикна се той. – Чакат ви шестнайсет декара, така че започвайте!

Подредени на няколко крачки един от друг, мъжете се заеха да жънат, като си проправяха път през ливадата – навеждаха се, захващаха сноповете, отрязваха ги, пристъпваха напред, всичко това в ритъм, от който скоро К плувна в пот и усети, че му премалява.

– Режи чисто, режи чисто! – изрева глас зад него. К се обърна и видя фермера с военните панталони. Долови сладникавия дезодорант, с който се беше напръскал.

– Къде си отраснал, маймуно? – изкрещя фермерът. – Режи в дъно, режи чисто! – и той издърпа сърпа от ръката на К, избута го настрани, събра следващия сноп люцерна и я отряза чисто и ниско. – Видя ли? – викна му той. К кимна. – Ами тогава действай, човече, действай – продължи да крещи фермерът. К се наведе и отсече следващата ръкойка ниско до земята.

– Откъде ги събират такива боклуци? – чу К как фермерът се провиква на единия от запасняците. – Та той е полумъртъв! Вече ще почнат да ни водят и изровени трупове!

– Не мога да продължавам! – изпъшка К на Робърт в първата почивка. – Без гръб останах; завива ми се свят всеки път като се изправя.

– Карай по-бавно – успокои го Робърт. – Не могат да те принудят да правиш нещо, което не можеш.

К погледна опърпаните си ръкойки.

– Искаш ли да ти кажа кой е тоя? – измърмори Робърт. – Шурей е на капитана на полицията Уестхаъйзен. Поврежда му сс комбайнът и какво прави той? Вдига телефона, обажда се в полицейското и рано-рано сутринта му изпращат трийсет чифта работни ръце да му ожънат люцерната. Така действа системата тук.

Чак по здрач успяха да приключат работата и оставиха събирането на балите за другия ден. К залиташе от изтощение. Като седна в камиона, затвори очи и усети как пропада в бездънна празна пропаст. По-късно, в спалното помещение, заспа като труп. Посред нощ го стресна бебешки плач. Около него се разнесоха недоволни подмятания – изглежда всички се бяха събудили. Стори му се, че минаха дълги часове, през които бебето, там някъде из палатките, ту скимтеше, ту виеше, ту пищеше, ту се засиняваше от рев. Умрял за сън, К усети как у него се надига гняв. Лежеше, притискаше юмруци в гърдите и се молеше бебето просто да изчезне.

На следващия ден, докато вятърът ги шибаше в откритата каросерия на камиона, К спомена за среднощния плач.

– Знаеш ли как затвориха устата на бебето в крайна сметка? – попита го Робърт. – С бренди. С бренди и аспирин. Това е единственото лекарство. Няма доктор в лагера. Няма и сестра – добави той и след кратка пауза продължи: – Чакай да ти разкажа какво се случи, след като отвориха лагера, след като построиха новия дом за всички бездомни хора, за незаконните заселници от Буънкийескрааъл и Ондердорп, за просяците по улиците, за безработните, за скитащите из планините, за прогонените от фермите. Месец нямаше от отварянето на лагера и всички се разболяха. Дизентерия, дребна шарка, после грип – едно след друго. Заради това, че бяхме затворени като животни в клетка. Пристигна участъковата медицинска сестра и знаеш ли какво направи? Когото и да питаш от тези, дето са били тук по онова време, ще ти каже. Изправи се насред плаца, където всички можеха да я видят, и се разплака. Гледаше децата, на които им се брояха ребрата, и не знаеше какво да направи – просто стоеше и плачеше. Едра, силна жена. Участъкова сестра. Така или иначе – продължи Робърт, – доста се притесниха. Оттогава започнаха да дезинфекцират водата, да копаят отходни ями, да пръскат срещу мухи, да носят кофи със супа. Само да не си помислиш, че го правят от любов към нас! Забрави! Предпочитат да живеем, защото болестта и смъртта са грозна гледка. Ако започнем да слабеем, ако се превърнем в сенки, а после в пепел и се разнесем по въздуха, няма да им мигне окото за нас. Чисто и просто не желаят да се разстройват. Не искат да си развалят спокойния сън.

– Знам ли – кимна К. – Знам ли.

– Не си даваш зор да ги погледнеш отвътре – продължи Робърт. – Надникни в сърцата им и ще разбереш.

К вдигна рамене.

– Ти си като пеленаче – каза Робърт. – Цял живот спиш. Време е да се събудиш. Защо, мислиш, ти дават милостиня наред с децата? Защото те смятат за безвреден – очите ти са затворени, не виждаш каква е истината около теб.

Два дни по-късно бебето, което беше плакало през нощта, умря. Тъй като съществуваше желязно правило, според което при никакви обстоятелства не можеше да се създаде гробище в лагера или в близост до какъвто и да било подобен лагер, детето бе погребано в задните парцели на градското гробище. Майката, осемнайсетгодишно момиче, се върна от погребението и отказа да яде. Не плачеше, просто седеше пред палатката си и гледаше с празен поглед по посока на Принс Албърт. Не чуваше приятелките си, които се опитваха да я утешават; когато я докосваха, буташе ръцете им. Майкъл К прекара часове до оградата, където тя не можеше да го види, и я наблюдаваше. „Това ли е моето обучение? – чудеше се той. – Ще науча ли най-сетне какво е това да живееш в лагер?“ Струваше му се, че сцените от живота се разиграват една след друга пред очите му и се сливат. Предчувстваше, че всички те се обединяват или заплашват да се обединят в някакъв смисъл, който той обаче все още не можеше да проумее.

Цяла нощ и цял ден момичето прекара в бдение, след което се оттегли в палатката си. Носеха се слухове, че все още не плаче, нито пък се храни. Всяка сутрин първата мисъл на К беше: ще я видя ли днес? Момичето бе ниско и пълно; никой не знаеше със сигурност кой е бащата на детето, макар според мълвата да бил някъде в планината. К се питаше дали най-сетне не се е влюбил. След три дни момичето отново се появи и се върна към предишния си живот. Като я гледаше сред другите хора, К откриваше, че по нищо не се различава от тях. Никога не я заговори.

Една нощ през декември, събудени от развълнувани викове, хората в лагера изпълзяха от леглата си, за да наблюдават как в тъмното небе на хоризонта откъм Принс Албърт се разпуква огромно, красиво, оранжево цвете. Разнесоха се удивени възгласи и подсвирквания.

– Обзалагам се, че е от полицейското управление! – извика някой.

В продължение на цял час хората стояха и зяпаха изригващия като фонтан пламък, който се разпръсваше и разтапяше във въздуха. От време на време бяха сигурни, че дочуват викове и крясъци, както и пращенето на пламъците, от които ги деляха километри пусто поле. После лека-полека цветето стана по-червено и загуби блясък, фонтанът отслаби мощта си, докато накрая, носейки в ръце децата, които бяха заспали или търкаха очи, и тъй като вече нямаше какво да гледат освен димящата жарава в далечината, лагерниците се отправиха към леглата.

Полицията атакува на зазоряване. Взвод от двайсет редови полицаи и мобилизирани ученици с оръжия и кучета, командвани от офицер, застанал на покрива на камионетка, който крещеше заповедите през мегафон, се придвижваха между бараките, вадеха колчета, събаряха палатки, удряха телата, сгърчени в платнищата. Нахълтваха в бараките и налагаха спящите в леглата им. Един младеж, който успя да им се изплъзне и да избяга, бе догонен в ъгъла зад тоалетните и наритан до безсъзнание. Малко момче беше нападнато от куче; отърваха го чак когато писна от ужас, а раздраният му скалп прокърви.

Полуоблечени, някои плачещи, други молещи се, трети вцепенени от страх, мъже, жени и деца бяха изкарани на плаца пред жилищните постройки, където им наредиха да седнат. Оттам, под наблюдението на кучета и мъже с насочени към тях автомати, те виждаха как останалата част от взвода се придвижва като рояк скакалци между палатките, изтърбушва ги, изхвърля навън всичкото им имущество, изпразва куфари и кашони, докато най-накрая цялото място заприлича на бунище от дрехи, завивки, храна, готварски уреди, посуда, разпилени навсякъде тоалетни принадлежности. След миг взводът се премести в бараките и разпердушини и тях.

През цялото това време К седеше на утринния вятър с нахлупена над ушите фуражка. Жената до него държеше плачещо бебе и притискаше от двете си страни две малки момиченца.

– Ела, седни при мен – прошепна К на по-малкото. Без да сваля поглед от погрома, който се вихреше наоколо, момиченцето прескочи краката на Майкъл и застана, засмукало палец, в закрилническия обръч на прегръдката му. Сестричката ѝ се присъедини. Двете стояха притиснати една в друга; К затвори очи; бебето продължаваше да рита и хленчи.

Наредиха им да се подредят в редица на портала и ги пропускаха навън един по един. Принудиха ги да оставят всичко, което носеха със себе си, дори одеялата, с които някои се бяха наметнали над пижамите и нощниците. Мъж с куче издърпа малко радио от ръцете на жената пред К. Хвърли го на земята и го стъпка.

– Никакви радиоапарати! – обясни той.

Пред портала извън лагера наредиха на мъжете да застанат вляво, а на жените и децата – вдясно. Заключиха портала и лагерът остана празен. Тогава капитанът, едрият рус мъж, който беше крещял командите през мегафона, изкара двамата часови от доброволческия корпус и ги изправи пред мъжете, които стояха в редица до оградата. Часовите бяха невъоръжени и разчорлени. К се питаше какво ли се е случило в къщичката на портала.

– А сега – започна капитанът – казвайте кой липсва.

Липсваха трима – трима мъже, които спяха в една от другите бараки и с които К не беше си разменил и дума.

Капитанът крещеше на часовите, а те стояха мирно пред него. Най-напред К си помисли, че оня крещи, защото е свикнал с мегафона; съвсем скоро обаче в крясъците му изби ярост, която не можеше да остане незабелязана.

– Гледайте какво държим в задния си двор! – викаше той. – Гнездо на престъпници! Престъпници, саботьори и безделници! Ами вие! И двамата! Тъпчете се, спите, дебелеете и не знаете къде са хората, които уж пазите! Какво си мислите, че вършите тук? Управлявате ваканционен лагер? Това е трудов лагер бе, хора! Лагер, в който ленивците се учат да работят! *Да работят!* А щом не работят, ще затворим лагера! Ще го затворим и ще прогоним навън всички тези нехранимайковци! Марш – и да не сте се върнали! Пропиляхте си шанса!

След това капитанът се обърна към мъжката група:

– Да, за вас, точно за вас говоря, неблагодарни копелета – за вас говоря! – крещеше той. – За вас, дето нищо не цените! Кой ви построи къщи, когато нямахте къде да живеете? Кой ви даде палатки и одеяла, когато трепереxте от студ? Кой ви хранеше, кой се грижеше за вас, кой ви носеше храна ден след ден? И как ни се отплащате? Е, отсега нататък гладувайте!

Капитанът си пое дълбоко дъх. Над рамото му слънцето изплува като огнено кълбо.

– Чувате ли ме? – изкрещя той. – Искам всеки един да ме чуе! Искахте война, ето ви война! Отсега нататък тук ще охраняват моите хора – да върви по дяволите армията! Назначавам моите хора, заключвам портала и ако хората ми видят някой от вас – независимо мъж, жена или дете – извън оградата, ще стрелят без предупреждение! Никой няма да напуска лагера, освен когато е повикан на работа. Край с посещенията, край с разходките, край с пикниците. Проверки сутрин и вечер – всички да са на линия. Прекалено дълго ви галехме с перце. А тези маймуни ги затварям с вас! – вдигна ръка той и драматично посочи двамата часови, които продължаваха да стоят мирно. – Прибирам ги, за да разберат кой командва парада тук! Вас двамата! Мислите си, че не съм ви наблюдавал? Че не знам за хубавия живот, който водите? За това, че чукате курвите, докато сте дежурни? – мисълта за последното изглежда го възпламени допълнително и той се завъртя на пети, нахълта в къщичката на часовите и миг по-късно се появи на прага, притиснал до шкембето си малкия бял емайлиран хладилник. Лицето му се беше изопнало от напрежение; фуражката му се закачи за трегера и падна. Той пристъпи към ръба на терасата, вдигна хладилника колкото можа високо и го хвърли. Разнесе се трясък; от агрегата прокапа фреон.

– Виждате ли? – пъхтеше той. Обърна хладилника на една страна. Вратата му се отвори и оттам се изтъркулиха еднолитрова бутилка джинджифилова бира, тубичка маргарин, парче наденица, няколко глави лук, праскови, пластмасова манерка за вода и пет бутилки бира. – Виждате ли? – продължаваше да пъхти капитанът и да гледа свирепо.

Цяла сутрин хората седяха и чакаха на слънце, докато двама млади полицаи и един помощник със синя фланелка, на която на гърдите и на гърба пишеше САН ХОСЕ СТЕЙТ, преднамерено бавно претърсваха развалините. В бараките откриха запаси от вино, което изляха на земята. Всички оръжия, които намериха, струпаха на едно място – дървена бойна тояга, желязна пръчка, парче тръба, ножица за стригане на овце, няколко сгъваеми ножчета. По пладне обявиха край на обиска. Полицаите вкараха лагерниците вътре, заключиха портала и след няколко минути си тръгнаха, като оставиха на пост двама от своите хора, които цял следобед седяха под стряхата и наблюдаваха как жителите на „Якалсдръф“ ровят из купчините в търсене на имуществото си.

Един от новите часови им обясни с какво са си навлекли гнева на Уестхаъйзен. Посред нощ се разнесла силна експлозия откъм железарията на Хай стрийт, вследствие на което избухнал буен пожар, разпространил се в съседната сграда, а оттам и в местния етнографски музей. С тръстиковия си покрив и дървените подове и тавани, музеят бил погълнат от стихията за по-малко от час, макар някои от древните земеделски сечива, изложени в двора, да били спасени. Като претърсвали с фенерче димящите развалини на железарията, полицаите се натъкнали на следи от взлом, а когато и един от техните шофьори си спомнил, че предната вечер спрял по здрач трима непознати на два велосипеда близо до разклона за „Якалсдръф“ (предупредил ги, че са на път да нарушат полицейския час; те от своя страна взели да се кълнат, че ще бързат с всички сили да стигнат до Ондердорп, където живеели; и така той забравил за случката), станало пределно ясно, че в палежа на града са замесени лагерниците.

К събра оскъдното си имущество без проблем, но другите мъже от бараките, които имаха сандъци и куфари, продължаваха мрачно да крачат около купчините и да търсят принадлежностите си. Избухна свада за някакъв пластмасов гребен. К се оттегли.

Въпреки че беше сряда, жените от благотворителната мисия не дойдоха със супата. Делегация от лагернички отиде до портала и поиска разрешение да ползва котлона в кухнята, но часовите заявиха, че нямали ключ. Някой, може би дете, хвърли камък по кухненския прозорец.

На следващия ден не се появи камионът, който да отведе мъжете на работа. По някое време преди обяд полицаите-часови бяха сменени от други двама.

– Ще ни уморят от глад – заяви Робърт високо, така че да го чуят всички наоколо. – Пожарът беше поводът, който търсят от много време. Сега най-сетне ще направят онова, което винаги са искали – заключват ни и ни чакат да измрем.

К застана до оградата, впери поглед в полето и се замисли над думите на Робърт. Вече не му се струваше странно, че лагерът е място, в което прибират хора, за да ги забравят. Не му се струваше случайно, гдето самият лагер е разположен така, че да не се вижда от града, на път, който наникъде не води. Но все още не можеше да повярва, че двамата млади мъже в къщичката на часовите ще седят и невъзмутимо ще се прозяват, ще пушат, ще подремват от време на време, докато хората измират пред очите им. Когато хората умират, телата им остават. Телата и на онези, които умират от глад. Мъртвите тела могат да бъдат противни, както и живите, ако изобщо е вярно, че живото тяло може да е противно. „Ако тези хора наистина искат да се отърват от нас – мислеше си К и с интерес наблюдаваше как мисълта пониква и се разлиства в главата му като растение, – ако наистина искат да ни забравят завинаги, трябва да ни раздадат кирки и лопати и да ни заповядат да копаем; и тогава, когато се изтощим от копаене и вече сме изкопали голям трап насред лагера, да ни наредят да скочим вътре, всички ние, а те да съборят палатките, бараките и оградата и да ги струпат – бараките, оградата и палатките, както и всяка наша вещ – върху ни, а накрая да нахвърлят пръст отгоре и да заравнят земята. Може би тогава ще започнат да ни забравят. Но кой би могъл да изкопае толкова голям трап? Не и трийсет мъже, па макар и с помощта на жените, децата и старците; не и в нашето състояние, не и с голи кирки и лопати в твърдото като камък поле.“

Да мисли по този начин повече подхождаше на Робърт, а не на него – доколкото се познаваше. Дали не трябваше да приеме, че тази мисъл е на Робърт и просто се е заселила в главата му, или по-скоро, че макар и вдъхновена от Робърт, мисълта, поникнала в главата му, е негова собствена? Не знаеше.

В понеделник сутринта камионът на районната дивизия пристигна в обичайния час, за да ги закара на работа. Преди да се качат, часовите провериха имената им по списък; иначе всичко друго си беше по старому. Разпределиха ги из няколко ферми в околността според разписанието, което шофьорът следваше. Заедно с още двама другари К трябваше да поправя огради. Работата вървеше бавно, тъй като не разполагаха с нова тел, а използваха старата и при опъването и връзването тя се извиваше във всички посоки. На К му допадна темпото и еднообразието в работата. Прекараха във въпросната ферма цяла седмица – идваха сутрин и си тръгваха вечер, – а в някои дни не успяваха да направят повече от няколкостотин метра ограда. Веднъж фермерът извика К настрани и му даде цигара, след което го похвали:

– Имаш усет как се опъва тел – каза му. – Трябва да се занимаваш със строене на огради. Винаги ще има нужда от такива като теб в тази страна. Щом гледаш добитък, трябват и огради – туй-то.

Той самият също обичал да опъва тел – продължи да разказва. Сърцето го боляло, дето му се налагало да снажда стари парчета, но какво друго му оставало. В края на седмицата фермерът плати на тримата мъже обичайната надница, но в добавка им връчи пакети с плодове и млада царевица, както и вехти дрехи. На К даде стар пуловер, а на двамата му другари – кашон с вехтории за жените и децата им. Докато пътуваха в камиона на връщане, един от другарите на К, както се ровеше в кашона, измъкна чифт големи памучни гащи. Хвана ги с два пръста, отдалечи ги от себе си, сбърчи нос и ги пусна. Въздушната струя ги поде и отнесе. После мъжът грабна целия кашон и го изхвърли от камиона.

Същата вечер в лагера пиха алкохол и избухна свада. Когато К надникна да разбере какво става, видя как единият от доброволческия корпус – онзи с диабета – стои пред огъня, държи крака си и вика за помощ. Ръцете му бяха целите в кръв, крачолът му – прогизнал.

– Какво ще стане с мен? – викаше той. Дори се виждаше как кръвта изтича през пръстите му, гъста като олио. От всички страни се скупчиха зяпачи.

К изтича до портала, където двамата полицаи-часови стояха и наблюдаваха суматохата.

– Този човек ей там е наръган – заекваше К. – Кърви, трябва да го закарате в болница.

Часовите се спогледаха.

– Доведи го – каза единият, – пък ще видим.

К припна обратно. Раненият седеше със смъкнати около глезените панталони, говореше неспирно и си стискаше бедрото, от което кръвта продължаваше да струи.

– Трябва да го закараме до портала – извика К. За първи път извисяваше глас в лагера и хората учудено го изгледаха. – Закарайте го до портала, а оттам ще го заведат в болница!

Мъжът на земята кимаше енергично:

– Закарайте ме в болница, вижте ме как кървя! – стенеше той.

Другият часови от доброволческия корпус си проправи път до ранения и се опита да превърже раната му с някакъв пешкир. Някой сръга К с лакът: беше мъж от другите бараки.

– Остави ги. Остави ги да се оправят сами – прошепна му той. Тълпата полека взе да се разпръсва. Само К и децата останаха да гледат как по-младият мъж превързва по-възрастния на мъждукащата светлина.

К така и не разбра кой е наръгал стария часови, нито дали човекът се е възстановил, тъй като това беше последната му нощ в лагера. Докато всички останали се приготвяха за сън, К тихо събра вещите си и ги уви в черното палто, след което се измъкна и се настани зад цистерната да чака и последните въглени да угаснат и наоколо да се възцари тишина – нарушавана единствено от вятъра в полето. Почака още час, целият се смръзна от неподвижната поза. След това си събу обувките, окачи ги на шията, промъкна се на пръсти до оградата зад тоалетните, прехвърли вързопа от другата страна и прекачи. В един момент, докато прескачаше оградата, панталоните му се закачиха за бодливата тел – така беше лесна мишена на фона на сребърносиньото небе. В следващия миг успя да се откачи и изчезна – тихо се шмугна в полето, а земята под краката му учудващо приличаше на земята от вътрешната страна на оградата.

Вървя цяла нощ без да усети умора; от време на време потреперваше при мисълта, че е свободен. Когато започна да се развиделява, К напусна шосето и тръгна през нивите. Не срещна жива душа, макар че един-два пъти го стресна елен, изскочил от убежището си и хукнал презглава към хълмовете. Изсъхналата жълтеникава трева се полюшваше на вятъра, небето беше синьо, тялото му преливаше от енергия. Придвижваше се, като очертаваше големи кръгове; най-напред заобиколи една ферма, после друга. Пейзажът беше съвсем пуст – понякога не бе трудно да повярва, че е първият, който стъпва на дадено парче земя или подритва дадено камъче. Но на всеки един-два километра се натькваше на ограда, която му напомняше, че нахълтва в чужда собственост и че е беглец. Докато се промушваше под плетовете, усещаше насладата на майстор, който е опънал телта толкова стегнато, че да зазвънтява когато я докоснеш. Въпреки това не можеше да си представи да прекара живота си като набучва колчета в земята, издига огради, разделя земята. Не мислеше за себе си като за нещо тежко, което оставя след себе си дири, а като за песъчинка върху повърхността на земята, заспала твърде дълбоко, за да усети одраскването от крачето на мравката, парването на пеперудените зъби, стеленето на прахта.

К изкачи последното възвишение; сърцето му биеше все по-бързо. Когато стигна билото, погледът му падна върху къщата долу; първо видя покрива, порутения фронтон, после варосаните стени – всичко си беше като едно време. „Сигурно – помисли си той, – сигурно вече съм надживял последния Фъсахи; сигурно всеки ден, в който се хранех с въздух в планината или бях поглъщан от времето в лагера, е бил толкова непоносимо дълъг и за това момче, което се е хранило или гладувало, спяло или будувало в скривалището си.“

Задната врата не беше заключена. Когато К побутна горния капак, нещо изскочи и профуча на милиметри от лицето му, след което се втурна към ъгъла: котка, огромна котка на черни и рижи петна. Никога преди не бе виждал котка във фермата.

Къщата миришеше на жега и прах, но също на гранясала мазнина и неощавена кожа. С приближаването към кухнята миризмата ставаше все по-нетърпима. К се поколеба пред кухненската врата. „Все още има време – помисли си той, – време да залича следите си и да се измъкна на пръсти. Ако и да съм се върнал, то не е, за да живея като Фъсахи, да спя, където те са спали, да седя на тяхната веранда и оттам да гледам тяхната земя. Дори къщата да е изоставена и да се е превърнала в свърталище на духовете на всичките поколения Фъсахи, това мен не ме засяга. Не съм тук заради къщата.“

Кухнята, в която един слънчев лъч се промъкваше от дупката в тавана, беше празна; миризмата идваше от килера, където К надникна и различи в здрача къс от коза или овца, увесен на кука. Макар от трупа да бяха останали предимно кокали и сивкава изсушена кожа, зелените мухи продължаваха да жужат наоколо.

К излезе от кухнята и обиколи останалата част от къщата, като търсеше в полумрака знаци за присъствието на младия Фъсахи или следи, които да го отведат до скривалището му. Не откри нищо. Подовете бяха засипани със слой неотдавнашен прахоляк. На вратата на таванската стая висеше катинар. Мебелите бяха на старите си места; липсваха издайнически следи. К застана насред трапезарията и затаи дъх, като се вслушваше и в най-слабите шумове, идващи отгоре и отдолу; но сърцето на внука, ако внук въобще имаше и беше жив, туптеше в такт с неговото собствено.

К отново се показа на слънце и пое през полето към яза и нивата, където някога беше разпръснал праха на майка си. Разпознаваше всеки камък, всеки храст по пътя. При яза се почувства като у дома си, както никога не се бе чувствал в къщата. Легна на земята, за да се отмори, подложи под главата си черното палто и се загледа в полюшващото се над него небе. „Искам да живея тук – помисли си той. – Искам да живея тук завинаги, тук, където майка ми и баба ми са живели. Това е то. Колко жалко, че във времена като тези човек трябва да е готов да живее като звяр. Човек, който иска да оцелее, не може да живее в къща с осветени прозорци. Трябва да живее в дупка и да се крие денем. Трябва да живее така, че да не оставя следи от съществуването си. Ето докъде се е стигнало."

Самият яз беше пресъхнал; някога тучната трева около него сега бе станала чуплива, белезникава, мъртва. Нямаше и следа от тиквите и царевицата, които бе засадил. Полските бурени бяха превзели парчето земя, прекопано от него, и избуяваха.

К освободи спирачката на помпата. Колелото проскърца, залюля се, потрепери и започна да се върти. Буталото хлътна надолу, след което изскочи. Бликна вода – най-напред ръждивокафява струя, след това бистра. Всичко беше както едно време, както си го бе спомнял в планината. Подложи ръка под струята и усети мощта, с която удряше пръстите му; прекрачи бента и застана под бликащата вода, разтворил лицето си към нея като цвете – пиеше, къпеше се, не можеше да се насити.

Спа на открито и се събуди от сън, в който момчето на Фъсахи, свито на кълбо в тъмното под гредите на пода, цялото полазено от паяци, с глава, затисната от гардероба, мълвеше думи, умоляваше, плачеше или заповядваше – К не знаеше какво точно, не чуваше или не разбираше. Седна и почувства цялото си тяло вкочанено и изтощено. „Нека не ми отнема първия ден тук! – простена той. – Не се върнах, за да съм му бавачка! Грижел се е за себе си през всичките тези месеци, нека продължи сам още малко!“ Загърнат в черното палто, К стисна зъби в очакване на изгрева, като копнееше за удоволствията на копането и засаждането, които си бе обещал, и изгаряше от нетърпение да си устрои жилище.

Цяла сутрин К скита из полето, претърсва пресъхналите дерета, които се спускаха от възвишенията покрай разломите, където скалите бяха набраздени от фини пукнатини. На около триста метра от яза два ниски хълма се притискаха един в друг като налети гърди. Там, където се срещаха, образуваха полегат процеп, дълбок половин човешки бой и дълъг три-четири метра. Дъното на процепа беше застлано със ситен тъмносинкав чакъл; същият чакъл можеше да се остърже и от склоновете. Ето тук се настани К. Донесе инструменти от сайванта зад къщата – лопата и длето. От покрива на кошарата за овцете свали лист вълнообразна ламарина, дълъг около метър и половина. С голяма мъка успя да извади три кола от порутената и преплела се ограда под погиналата овощна градина. Всичко това занесе при яза и се захвана за работа.

Най-напред издълба стените на процепа, за да го разшири в подножието и да заравни чакълестото дъно. По-тесния му край запуши с купчина камъни. След това сложи напречно на процепа трите кола, опъна върху тях ламарината и я затисна с каменни плочи. Сега разполагаше с пещера или бърлога, дълбока около метър и половина. Когато обаче се отдръпна назад към яза, за да огледа какво се е получило, погледът му тутакси попадна на тъмната дупка, която представляваше входът. Затова прекара останалата част от следобеда в опити да го замаскира. Когато започна да се здрачава, К с изненада установи, че вече втори ден не е хапвал нищо.

На следващата сутрин той домъкна от речното корито чували с пясък, за да насипе пода на леговището си. Откърти плоски камъни от склоновете на хълма и зазида входа, като остави малък неправилен отвор, през който да се промушва. Забърка смес от кал и суха трева, с която запълни пукнатините между покрива и стените. Върху покрива разстла пласт чакъл. Цял ден не яде, нито пък почувства глад; забеляза обаче, че се труди все по-бавно и че има моменти, в които просто стои или клечи пред работата си, а умът му е другаде.

Докато запълваше с кал пукнатините и ги замазваше отгоре, хрумна му, че при следващия проливен дъжд цялата му старателна зидария ще се отмие; и наистина – дъждовната вода щеше да се излее в дерето, като мине през неговата къща. „Трябваше да наредя каменни плочи под пясъка – помисли си – и да направя нещо като стряха." След това обаче си каза: „Не съм тръгнал да строя къща тук, при яза, която да се предава от поколение на поколение. Трябва ми нещо по-небрежно, временно, подслон, който да зарежа без да ми се къса сърцето. Така че, ако някой някога намери това място, или останките от него, ако поклати глава и каже „Що за некадърници! Никакво чувство не са вложили в работата си!" – това да няма никакво значение за мен."

В сайванта беше останала шепа семена от тиква и пъпеш. На четвъртия ден след завръщането си К се захвана да ги посади, като почисти парче земя за всяко отделно семенце насред морето от полски треви, което се люлееше над гробницата от предишните му посеви. Този път К не се осмели да напои целия терен, защото зеленината на новата трева щеше да го издаде. Затова поля семенцата едно по едно с вода от яза в стара кутия от боя. След като свърши с това, нямаше какво друго да прави, освен да чака семенцата да покълнат, ако това въобще се случеше. Легнал в убежището си, той се замисли за второто си поколение деца, които се бореха да пробият тъмната земя и да излязат на слънце. Единственото му опасение беше, че ги е посадил в последните дни на лятото, а това не вещаеше добро.

Докато се грижеше за посевите и ги наглеждаше в очакване земята да даде плод, нуждата му да се храни все повече и повече намаляваше. Не усещаше глад, а и едва си спомняше какво е това усещане. Ако въобще ядеше нещо, и то каквото му падне, то беше защото все още не беше се отърсил от схващането, че телата, които не се хранят, умират. Нямаше значение какво точно слага в устата си. То нямаше вкус, или по-скоро имаше вкус на прах.

„Когато тази земя роди храна – казваше си той, – апетитът ми ще се върне, защото храната ще има вкус."

След теглилата в планината и лагера беше станал кожа и кости. Дрехите му, вече на парцали, висяха по него без форма. Въпреки това, когато се разхождаше из нивата си, К изпитваше дълбока радост от физическото си съществуване. Стъпката му бе тъй лека, че едва докосваше земята. Изглеждаше възможно да полети; изглеждаше възможно да бъде едновременно тяло и дух.

Отново започна да се храни с насекоми. Тъй като времето се изливаше върху него в безкраен поток, имаше цели сутрини, в които можеше да лежи по корем над някой мравуняк и с тревичка да поднася ларвите една по една до устните си. Или пък да обелва кората на мъртвите дървета и да търси там личинки на бръмбар; или пък да хвърля якето си във въздуха, да улавя скакалци, да откъсва краката, главите и крилата им, след което да размазва телцата им в безформена каша и да я изсушава на слънцето.

Също така ядеше корени. Не се боеше, че може да се отрови, тъй като очевидно знаеше разликата между ядивния и отровния вкус, сякаш някога е бил животно и познанието за полезните и вредни растения още живееше в душата му.

Убежището му се намираше на около миля от коларския път, който минаваше покрай фермата и извиваше, за да се включи във второкласното шосе, отвеждащо към Муърденаарсвали. Колкото и безлюден да беше този път, все пак имаше защо човек да е нащрек. На няколко пъти К дочу далечно ръмжене на мотор, при което офейкваше и се скриваше. Веднъж, докато се шляеше из речното корито, най-случайно вдигна поглед и видя на един хвърлей разстояние да минава магарешка талига с възрастен мъж и още някакъв човек до него – жена или дете. Дали го забелязаха? Уплашен да не привлече вниманието им, К замръзна на мястото си, откъдето всеки, стига да иска, можеше да го види, и се загледа в бавно отдалечаващата се каруца, която скоро изчезна зад съседния хълм.

Налагащата се бдителност беше толкова тягостна, колкото и пестенето на водата. Перките на помпата трябваше да се въртят колкото се може по-малко, язът винаги трябваше да изглежда празен; тъкмо затова К се осмеляваше да отпусне ръчката, да изпомпи няколко сантиметра вода и да полива посевите си само нощем, или в краен случай, и то със страх, на свечеряване.

Един-два пъти попадна на следите на козел във влажната почва, но не им обърна внимание. Една нощ обаче се събуди от пръхтене и тропот на копита. Изпълзя от леговището си и ги подуши, преди да ги види: козите, за които си мислеше, че са изчезнали след пресъхването на яза. Все още сънен, но тласкан от желанието да спаси градината си, К се запрепъва след тях; ругаеше ги, хвърляше камъни, докато най-накрая падна и някакъв трън се заби дълбоко в дланта му. Цяла нощ будува, за да пази нивата си. Козите отново изплуваха в ранната утринна светлина, накацали хълма по две, по три, в очакване той да си тръгне. Наложи се цял ден да остане на пост и да ги гони с камъни.

Заради тези диви кози, които не просто застрашаваха насажденията му, но и привличаха вниманието върху нивата, К реши оттук насетне да почива денем, а нощем да бди, да брани земята и да я обработва. В началото можеше да се труди само в лунни нощи: паднеше ли гъст безлунен мрак, той застиваше на място и протягаше напред ръце, уплашен от изплуващите наоколо сенки, които въображението му рисуваше. С течение на времето обаче К се сдоби с увереността на слепец: с помощта на тояжка, насочена напред, той се придвижваше по пътеката, утъпкана от леговището до градината, освобождаваше ръчката на помпата, отваряше клапана, напълваше тенекиената кутия и поливаше растенията едно по едно, като отбутваше встрани тревата, за да ги открие. Постепенно престана да се бои от нощта. Наистина, понякога се събуждаше денем, надникваше навън и целият потреперваше от яркостта на светлината, при което се връщаше в леглото, а под клепачите му гореше странен зелен пламък.

Вече беше късно лято; изминал бе повече от месец, откакто К напусна лагера „Якалсдръф“. През това време не беше потърсил момчето на Фъсахи, по всичко изглеждаше, че няма и да го стори. Опитваше се да не мисли за него, но понякога се чудеше дали и момчето не си е изкопало дупка някъде в полето или из фермата и дали не живее паралелен на неговия живот, хранейки се с гущери, пиейки роса и очаквайки армията да го забрави. Струваше му се малко вероятно.

Избягваше къщата като свърталище на духове, освен в случаите, когато отиваше там, за да потърси нещо необходимо. Трябваха му съоръжения, за да си пали огън, а в куфара със счупени играчки за свой късмет откри червен пластмасов телескоп, с чиято лупа можеше така да фокусира слънчевите лъчи, че да подпали шепа изсъхнала трева. Наряза на тънки ивици козята кожа, която намери в килера и си направи прашка, за да замени предишната, която беше загубил.

Имаше доста други неща, които можеше да вземе, за да улесни живота си: скара, тенджера, сгъваем стол, порест каучук, повече чували. Зарови се из вехториите в сайванта и почти всичко му се стори нужно. Но се пазеше да пренася боклуците на Фъсахи в землянката, за да не остави следи и по този начин да си навлече беди. Най-голямата грешка, казваше си, би било да превърне убежището при яза в жилище, съседно на фермата. Дори инструментите, с които си служеше, трябваше да са от дърво, кожа и животински черва – материали, които насекомите да изядат един ден, когато вече нямаше да са му необходими.

К стоеше подпрян на помпата и усещаше вибрациите всеки път когато буталото достигаше дъното, чуваше как голямото колело над главата му пори мрака, задвижено върху добре смазаните си лагери. „Какъв късмет, че нямам деца – мислеше си той. – Че нямам желание да съм баща… Какво щях да правя насред този пущинак с дете, което има нужда от мляко, дрехи, приятели, училище? Щях да се проваля, щях да съм най-лошият баща на света. А пък така е лесно – живееш ден за ден. Аз съм един от онези щастливци, които никой не търси за нищо.“ И К се сети за лагера „Якалсдръф“, за родителите, които отглеждаха децата си зад оградата – собствените си деца и децата на близки и далечни роднини, върху земя, ден след ден отъпквана под краката им, земя, така вкоравена от слънцето, че върху нея нищо никога не можеше да вирее. „Върнах тук праха на майка си – помисли си К, – а мой баща беше „Хъйс Норениус“. Баща ми беше просто един списък с правила, окачен на вратата на общежитието, първото от които гласеше: „В общежитието се пази тишина по всяко време на деня“. Мой баща беше и учителят по дърводелство, на чиято ръка липсваха няколко пръста и който издърпваше ухото ми, ако развалям строя; също и неделните утрини, когато обличахме военните си ризи, военните си шорти, черните чорапи и черните обувки и марширувахме по двойки към Папегай стрийт, за да получим опрощение. Ето това беше баща ми, а майка ми е погребана тук и все още не е възкръснала. Затова е добре, че аз, който нямам никого след себе си, прекарвам времето си тук, където никому не преча.“

За целия месец от завръщането си К не забеляза никой да се приближава към фермата. Единствените пресни следи по прашния под в къщата бяха неговите собствени и тези на котката, която се появяваше и изчезваше когато ѝ скимне, без той да разбере откъде и как точно. И тогава, в една ранна утрин, докато К се разхождаше, остана втрещен при гледката на открехнатата къщна врата, която обикновено винаги стоеше затворена. К застина на място на около трийсет стъпки от входа, чието око изведнъж го накара да се почувства беззащитен като къртица на дневна светлина. Оттегли се на пръсти под прикритието на речното корито, след което се промъкна обратно в леговището си.

В продължение на седмица не припари до къщата, ала нощем изпълзяваше в мрака да се грижи за нивата си, изпълнен със страх, че и най-малкото отъркване на камъче в камъче може да откънти в полето и да го издаде. Младите тиквени листа вече енергично се развяваха като зелени знаменца и заявяваха неговото присъствие до яза. К усърдно обвиваше ластарите им с трева и дори размишляваше по въпроса дали да не ги ореже до дъно. Не можеше да спи; само лежеше в леглото от трева под нагрятата като пещ ламарина и напрягаше слух за евентуални шумове, които биха възвестили неговото разкриване.

Все пак имаше и моменти, когато страховете му се струваха нелепи, мигове на просветление, в които осъзнаваше, че неговото отшелничество застрашава да го превърне в по-боязлив и от мишка. На какво основание си беше наумил, че отворената врата означава завръщане на някой от Фъсахи или пък поява на полиция, дошла да го вкара в прословутия лагер „Брандфлей“? Защо в тази необхватна страна, по чиято земя всеки ден стотици хиляди хора с мравешки стъпки изминаваха огромен път, за да избягат от войната, той трябваше да се тревожи, че някакъв си беглец е намерил убежище в изоставена ферма, и то в толкова безлюден край? Сигурно той или те (К си представяше мъж, който бута количка, натоварена с покъщнина, жена, която се влачи след него и две дечица – едното заловено за майка си, а другото покачено на количката, с мяукащо коте в скута, – всичките уморени до смърт, с лица, напрашени от вятъра, който вдигаше в небето сиви прашни облаци), сигурно такива хора имат много повече основания да се страхуват от него, парцаливия, останал кожа и кости, който излиза навън само с прилепите, отколкото той от тях.

Но тогава К си казваше: „Ами ако са от другия тип хора, ако са избягали войници, полицаи, дошли в почивния си ден да стрелят по козите за разтуха, яки мъжаги, които ще умрат от смях при вида на жалкото ми съществуване, на тиквите ми, сгушени в тревата, на замазаната ми с кал бърлога, след което ще ми ритнат един и ще ми заповядат да си събирам партакешите; ще ме превърнат в техен слуга, който да им цепи дърва, да им носи вода, да подгонва козите право към дулата на оръжията им, така че те спокойно да плюскат печените си котлети, докато аз клеча зад някой храст и стискам чинията с карантиите? Не би ли било по-разумно да се крия ден и нощ, да се заровя в недрата на земята, отколкото да се превърна в техен роб? А и дали идеята да ме превърнат в слуга въобще би им минала през ума? Нима при вида на подивял мъж, който върви към тях през полето, не биха започнали да залагат чий куршум ще уцели месинговата значка на фуражката ми?“

Дните минаваха и нищо не се случи. Слънцето грееше, птиците подхвръкваха от храст на храст, голямата тишина отекваше от хоризонт до хоризонт, а К започна да възвръща увереността си. Прекара един цял ден скрит в убежището си, като държеше фермата под око, докато слънцето описваше арка отляво надясно, а сенките пролазваха по верандата в обратната посока. Дали по-тъмният процеп по средата на верандата беше отворена врата, или просто самата врата? Твърде далече беше, за да види. През нощта, когато луната изгря, К се приближи към запустялата овощна градина. В къщата нямаше ни светлина, ни звук. Промъквайки се на пръсти, К излезе на открито, прекоси двора и стигна до самите стъпала, откъдето най-накрая успя да види, че вратата е отворена, както вероятно бе била през цялото това време. К изкачи стъпалата и влезе в къщата. Застана в гъстия мрак на вестибюла и наостри слух. Цареше пълна тишина.

Прекара остатъка от нощта нащрек, легнал върху един чувал в сайванта. Дори поспа, макар да беше отвикнал да спи през нощта. На сутринта отново влезе в къщата. Подът беше пометен неотдавна, както и огнището. От въглите все още се разнасяше слаба миризма на пушек. В боклукчарника зад сайванта К откри шест нови и лъскави празни консервни кутии от говеждо месо с отлепени етикети.

Върна се в бърлогата си и остана там целия ден, ужасен при мисълта, че във фермата са идвали войници, и то пеша. Ако издирваха бунтовници в планината или пък преследваха дезертьори, или пък просто инспектираха района, защо не пътуваха с джипове или камионетки? Защо се прокрадваха, защо заличаваха следите си? Можеше да има много обяснения; нямаше как да влезе в главите им и да разбере; единственото, което знаеше, бе, че им се е изплъзнал като по чудо.

Същата нощ не отиде да помпа вода с надеждата, че слънцето и вятърът ще подсушат коритото на яза. Наскуба още трева, цели наръчи трева, и я разстла около издайническите ластари на тиквите. Движеше се близо до земята; едва дишаше.

Мина още един ден, после още един. И тогава, когато слънцето тръгна към заник, а К изпълзя от землянката да се попротегне, погледът му беше прикован от няколко движещи се фигури. Хвърли се на земята. Бе зърнал мъж на кон, който вървеше към яза и още един, който следваше първия, само че пеша. Също така пределно ясно беше видял дулото на пушката, преметнатата през рамото на ездача. Подобно на червей, той запълзя към леговището си с единствената мисъл: нека скоро падне мрак, нека земята ме погълне и ме защити. Скрит зад могилата до отвора на землянката, К надигна глава за последен поглед.

Не беше кон, а магаре, толкова измършавяло, че краката на ездача почти докосваха земята. Доста по-назад се движеше второ магаре – без ездач, но натоварено с два големи сиви вързопа от двете си страни; между първото и второто магаре К преброи осем мъже, плюс още един, девети, на опашката. Всички бяха въоръжени; стори му се, че някои носят и вързопи. Един беше със сини панталони, друг с жълти, но като цяло бяха в камуфлажни униформи.

Възможно най-тихо К се пъхна в леговището. От процепа не можеше да види нищо, но тъй като навън нямаше никакъв вятър, ясно ги чу да спират при яза, чу дрънченето на веригата при освобождаването ръчката на помпата, даже долови неясен говор. Някой се изкачи по стълбата до платформата, после слезе обратно.

Постепенно се мръкна; накрая само пръхтенето на магаретата му даваше да разбере колко близо се намират непознатите. Откъм речното корито се разнесоха удари на брадва; скоро след това К видя как очертанията на хълма се открояват на бледооранжевия пламък от огъня, който бяха запалили. Надигна се вятър, веригата се залюля, желязото проскърца, колелото на помпата се завъртя още веднъж и спря.

– Защо няма вода? – ясно чу К. Последваха още думи, които не различи, след което избухна смях. Отново подухна, помпата изхърка, колелото се завъртя и с цялото си същество К почувства как буталото избумтява дълбоко в земята. Вятърът донесе миризмата на печено месо.

Затвори очи и захлупи лицето си в шепи. Вече му беше ясно, че непознатите около яза не са войниците, нощували в къщата, а хора от планините, които взривяваха железопътни линии, минираха шосета, нападаха ферми, крадяха добитък и прекъсваха връзките между отделните градове, хора, за които по радиото казваха, че ги избиват до крак, а във вестниците публикуваха снимки на проснатите им тела, на лицата им със зейнали усти, давещи се в собствената им кръв. Ето такива бяха посетителите му. Въпреки това не му се струваха много по-различни от футболен отбор: единайсет млади мъже, излезли на полето след труден мач, уморени, щастливи, изгладнели.

Сърцето му щеше да изхвръкне. Когато си тръгнат сутринта – помисли си той, – ще изляза навън и ще препусна след тях като дете след духова музика. След малко ще ме забележат и ще ме попитат какво искам. А аз ще кажа: дайте ми да нося някой вързоп; оставете ме да цепя дърва и да клада огъня вечер. Или пък може би: да знаете, че като дойдете следващия път при яза, ще ви нагостя. Дотогава ще имам тикви и пъпеши, праскови и смокини, кактусови плодове – нищо няма да ви липсва. И те ще слязат отново от планините, или откъдето идват през нощта, а пък аз ще ги нагостя, след което ще седна при тях до огъня и ще се опивам от думите им. Историите, които ще разказват, ще са различни от онези, които слушах в лагера, защото лагерът беше за изостаналите, за жените и децата, за старците, за слепите, за сакатите, за идиотите, за хората, които няма за какво друго да разказват, освен за собствените си теглила. Докато тези млади мъже преживяват приключения, победи, разгроми, бягства. Ще има да разказват за тях много след като войната приключи. Това са истории за цял живот, които и внуците им ще слушат със зяпнали уста.

Въпреки това, в момента, в който се протегна да провери дали обувките му са завързани, К осъзна, че няма да изпълзи от землянката, няма да се изправи, да прекоси мрака и да излезе на светло край огъня, за да се представи. Дори знаеше защо: достатъчно много мъже бяха отишли на война с мисълта, че след войната отново ще дойде време да се садят градини; а трябваше да останат мъже и в тила, които да поддържат градините живи, или поне идеята за градините; защото скъсаше ли се тази връзка със земята, земята щеше да се отвърне и да забрави децата си. Ето защо.

Между тази причина и истинската, поради която К никога не би посмял да отиде при тях, се простираше пропаст, по-голяма от разстоянието, разделящо го от огъня. Винаги, когато се опитваше да обясни себе си на себе си, пропастта зейваше – дупка, пълна с мрак, пред която разумът му блокираше и която нямаше смисъл да запълва с думи. Думите биваха изяждани; пропастта оставаше. Историята на К винаги беше с дупка по средата, погрешна история, винаги погрешна.

Спомни си „Хъйс Норениус" и класната си стая. Вцепенен от ужас се взира в задачата пред себе си, докато учителят крачи между редиците и отброява последните минути, преди да накара учениците да оставят моливите настрани и да раздели овците от козите. Дванайсет мъже изяждат шест чувала с картофи. Във всеки чувал има шест килограма картофи. По колко килограма се падат на човек; какво е частното? Вижда се как записва числото 12, как записва числото 6. Не знае какво да прави с числата. Зачерква и двете. Приковава поглед в думата *частно*. Тя не се променя, не се разтваря, не разкрива тайната си. Ще умра – мисли си той – без да разбера колко е частното.

Прекара буден по-голямата част от нощта, вслушваше се да чуе дали язът се изпълва с вода. От време на време хвърляше поглед към осветената от звездите поляна, за да види дали магаретата са се успокоили, или продължават да хрупат листата на тиквите му. Малко по-късно трябва да е заспал, защото следващото нещо, което си спомняше, беше как някой тежко стъпва по тревата под леговището му, пляска с ръце, за да събере магаретата, а планината вече се откроява – синкава на порозовяващото небе. Вятърът беше утихнал; във въздуха се разнасяха слаби звуци: подрънкване на катарама, хлопване на лъжица в канче, разплискване на вода.

„Сега – помисли си той, вече изцяло събуден, – сега е последният ми шанс." Изпълзя от бърлогата на колене и надникна над скалния ръб.

Някакъв мъж тъкмо излизаше от яза. Изплува от студената нощна вода, набра се на бента и остана там, за да се изсуши с бял пешкир, а първият мек слънчев лъч се отрази във влажното му голо тяло.

Двама мъже товареха магаре, единият държеше юздата, другият нагласяше и закрепяше два обемисти брезентови денка на гърба му, както и дълъг цилиндричен пакет, също опакован в брезент.

Останалите седяха зад бента; от време на време К забелязваше как нечия глава се подава оттам.

Мъжът, който се сушеше на бента, отново се появи, този път облечен. Наведе се и отпуши канала. Водата бликна, потече по старите бразди, които К беше направил при първия си престой, и започна да се разлива из нивата.

„Това е грешка – каза си К. – Оставя следи."

Същият мъж затегна ръчката на помпата.

В дълга нестройна редица групата потегли на изток през полето към планините. Едно магаре вървеше начело на колоната, друго пристъпваше на опашката, слънцето, вече изплувало над ръба на света, грееше право в лицата им. К наблюдаваше иззад рида, докато процесията се превърна в група полюшващи се петънца на фона на пожълтялата трева. Помисли си: все още не е късно да изтичам след тях, все още не е късно. И когато най-накрая се скриха от очите му, той излезе на открито и обиколи наводнената си нива, за да огледа щетите, причинени от магаретата.

Навсякъде бяха оставили следи. Не просто бяха изгризали насажденията, но на много места ги бяха изпотъпкали. В тревата се валяха прекъснати ластари, чиито листа вече изглеждаха сгърчени и оклюмали; семената, покълнали и вързали няколко малки зелени ядки, не по-големи от камъчета, бяха изядени. К бе загубил половината от посевите си. Непознатите не бяха оставили други следи след себе си. Бяха нахвърляли пясък и чакъл на мястото, където са палили огън; единствено топлината подсказваше къде точно са нощували. Водата в яза се беше оттекла; К запуши канала.

Изкачи се на хълма над землянката, легна най-отгоре и се взря в слънцето. Нямаше как да го видят; вече бяха потънали в планината.

„Аз съм като майка, напусната от децата си – помисли си той. – Единственото, което ми остава, е да почистя наоколо и да се вслушвам в тишината. Бих искал да мога да ги нахраня, но успях да нахраня само магаретата им, на които им стига и трева.“ К пропълзя в леговището, излегна се безразлично и затвори очи.

По-късно сутринта се събуди от бръмченето на хеликоптер. Мина над главата му, следвайки линията на реката. След петнайсет минути се върна и отпраши на север.

„Ще видят, че земята е напоявана – помисли си той. – Ще забележат, че тревата тук е по-зелена. Ще зърнат зелените тиквени листа. Листата се развяват като знаменца. Отвисоко могат да видят всичко, всичко, което расте над земята. Трябваше да засадя лук."

„Все още имам време да избягам и да се скрия в планината – помисли си, – па макар да трябва да не излизам от пещерата. (Но безразличието не го напускаше.) Нека дойдат – каза си, – пък каквото ще да става." И отново заспа.

В продължение на седмица К беше по-предпазлив от когато и да било. През деня въобще не се подаваше от землянката, а растенията поливаше толкова оскъдно, че листата им оклюмаха, а филизите изсъхнаха. Откъсна прекъснатите ластари. „Ако всеки цвят върже плод – помисли си той, като огледа какво е оцеляло, – няма да събера и четиридесет тикви; ако онези с магаретата отново се върнат, няма да ми остане и една." Вече не мислеше дали ще има богата реколта, а дали ще съумее да събере достатъчно семена за посев. „Ще дойде следващата година – успокояваше се той, – следващото лято пак ще опитам."

Лятото беше към края си. След продължителен зной и няколко облачни дни се разрази буря. Дерето придойде и помете землянката на К. Той се сгуши на завет при яза, мокър до кости, охлюв, останал без черупката си. След около час дъждът спря, птичките отново подхванаха песните си, на запад се изви дъга. К измъкна от леговището рогозката от мокра трева и почака дерето да се оттече. След това забърка кал и отново се захвана да закърпва покрива и стените на землянката.

Магаретата не се върнаха, не се върнаха и единайсетте мъже, нито пък хеликоптерът. Тиквите пораснаха. Нощем К изпълзяваше до тях и галеше гладката им кора. Всяка нощ изглеждаха все по-големи. С течение на времето К позволи на надеждата, че всичко ще бъде наред, отново да покълне в сърцето му. Денем се будеше и оглеждаше нивата си; изпод прикритието на тревата дискретно проблясваха погледите на тиквите.

Наред с другите семена, които беше посял, имаше и семе на пъпеш. И сега два бледозелени пъпеша растяха в далечния край на нивата. Струваше му се, че обича тези две сестри повече отколкото тиквите, за които мислеше като за дружина братя. Разстла под пъпешите трева, за да не се наранят нежните им главици.

Не след дълго настъпи мигът, в който една от тиквите беше достатъчно узряла, за да се среже. Бе пораснала по-рано и по-бързо от останалите – в самия център на нивата. К я беляза като първия плод – първородното си дете. Кората беше мека; ножът потъна без усилие. Месото, макар все още да зеленееше към кората, в сърцевината си беше ярко оранжево. На скарата, която беше си направил, К нареди парчета тиква върху легло от въглени, които блещукаха все по-ярко и по-ярко с падането на нощта. Уханието на печен плод се разнесе из въздуха. Като мълвеше думите, на които бе научен, но отправяйки ги вече не нагоре, а към земята, върху която беше коленичил, К се помоли: „За всичко, което ще получим, изпълни ни с благодарност.“ С помощта на два телени шиша К обърна парчетата тиква и усети как сърцето му прелива от благодарност. Беше точно както го описваха – като прилив на топла вода. „Сега вече всичко приключи – каза си той. – Всичко, което ми остава, е да прекарам в покой остатъка на живота си и да ям храната, родена от земята благодарение на собствения ми труд. Всичко, което ми остава, е да се грижа за земята." И К поднесе към устните си първото парче. Под хрупкавата овъглена корица усети меката и сочна сърцевина. Започна да дъвче, а очите му плувнаха в сълзи. „Най-хубавата – каза си той, – най-хубавата тиква, която някога съм вкусвал." За първи път, откакто бе дошъл в тази провинция, усети удоволствие от храната. След първата хапка устата му изтръпна от наслада. Вдигна скарата от въглените и си взе още едно парче. Зъбите му пробиха кората и се впиха в топлата мека пулпа. „Ето такава тиква – помисли си, – такава тиква мога да ям всеки един ден от живота си и никога да не пожелая нищо друго. А какво съвършенство би била с щипка сол – с щипка сол и бучка масло, или пък поръсена със захар и малко канела!" След като изяде третото парче, после четвъртото и петото, след като изяде половината тиква и стомахът му се напълни, К потъна в спомени – извикваше от паметта си един по един вкусовете на солта, маслото, захарта и канелата.

Но узряването на тиквите му донесе нови тревоги. До едно време беше възможно да прикрива ластарите, ала сега самите тикви образуваха в пръстта вдлъбнатини, които отдалече придаваха странен вид на нивата, сякаш стадо агънца спяха във високата до колене трева. К се опита отново да увие тиквите в трева, но не посмя да ги скрие изцяло, защото точно сега зрееха под лъчите на скъпоценното есенно слънце. Най-многото, което можеше да направи, бе да ги обере възможно най-рано, преди стъблата им да повехнат, па макар все още да има зелени петънца по кората им, и да ги отнесе в леговището си.

Дните ставаха все по-къси и къси, нощите – по-студени. Понякога се налагаше К да облича черното палто, докато работи в нивата; спеше с крака, увити в чувал, и топлеше ръце между бедрата си. Спеше все по-дълго. Вече не сядаше отпред, когато приключеше с работата, за да гледа звездите, да се вслушва в нощта или да се разхожда из полето, а направо се свираше в землянката и потъваше в дълбок сън. Спеше по цяла сутрин. По пладне започваше постепенно да изплува от унеса и просъницата, пробуден от меката светлина, която се процеждаше през покрива; по-късно, по залез слънце, излизаше, протягаше се, слизаше в речното корито и сечеше дърва, докато престанеше да различава дръвника в тъмното.

Беше изкопал яма, в която си палеше огън, за да не се вижда от разстояние; бе направил и нещо като отдушник. След като се нахранеше, запушваше ямата с две каменни плочи, върху които посипваше пръст. Така въглените отдолу продължаваха да тлеят до следващата вечер. В почвата около ямата се развъждаха най-различни насекоми, привлечени от благотворната и постоянна топлина.

К не знаеше кой месец е, макар да допускаше, че е април. Не броеше дните, нито пък отбелязваше фазите на луната. Не беше затворник или изгнаник; животът му край яза не бе присъда, която да излежава.

До такава степен се беше превърнал в създание на здрача и нощта, че очите го боляха на дневна светлина. Вече нямаше нужда да се движи по утъпканите пътеки около яза. По-скоро усещаше допира, отколкото виждаше предмета; присъствията, които притискаха очните му ябълки и кожата на лицето му, го предупреждаваха за евентуални препятствия. Очите му се рееха разфокусирано, сякаш бе слепец. Беше се научил да разчита и миризмите. Вдишваше с дробовете си бистрото сладко ухание на вода, извадена от недрата на земята. Опиваше се, не можеше да му се насити. Въпреки че не знаеше имената на храстите, различаваше ги по аромата на листата. Подушваше, когато се задава дъжд.

Но с приближаването края на лятото К все повече се наслаждаваше на безделието – безделие, което нямаше нищо общо с откраднатите мигове свобода от принудителния труд, скришни мигове, на които някога с радост се бе отдавал, коленичил пред някоя цветна леха с изплъзнала се от ръцете му вила, а по-скоро мигове на доброволно отпускане в потока на времето, време, което бавно се стичаше като разтопено масло от хоризонт до хоризонт, обливаше тялото, обхождаше мишниците и слабините, повдигаше клепачите му. Не изпитваше нито радост, нито недоволство, когато имаше да се върши работа; беше му все едно. Можеше да лежи цял следобед с широко отворени очи и да гледа извивките на покривната ламарина и следите от ръжда; умът му не се скиташе, не виждаше нищо друго освен желязото; резките по него не даваха храна на фантазията му: та това беше самият той; лежеше в собствената си къща, ръждата беше просто ръжда, единствено времето се движеше и го носеше на гребена на вълната си. Веднъж или два пъти другото време, в което беше останала войната, му напомни за себе си с профучаващите високо над главата му изтребители. Но през останалото време К живееше отвъд календара и часовника, в един блажено забравен ъгъл на света, полубуден, полуспящ. Като паразит, дремещ в червата, мислеше си той. Като гущер под камък.

„Паразит“ беше дума, използвана от капитана на полицията: лагерът „Якалсдръф“, гнездо на паразити, впити в чистия слънчев град, изсмукващи живителната му сила без да дават нищо в замяна. Но за К, който лентяйстваше в леглото си и безстрастно разсъждаваше („Какво ме интересува в крайна сметка?“ – казваше си той), вече не беше съвсем очевидно кой е гостоприемникът и кой паразитът – лагерът или градът. Ако червеят разяжда овцата отвътре, то защо овцата го е погълнала? Ами ако милиони хора, повече милиони, отколкото някой би допуснал, живеят в лагери, просят, скитат из полето, оцеляват с хитрост и се свират по ъглите като предпазливо не развяват байраци, за да не привлекат вниманието и да не бъдат преброени? Ами ако броят на паразитите надвишава този на гостоприемниците – паразитите на безделието и другите тайни паразити в армията и полицията, в училищата и фабриките, паразитите в сърцето? Трябва ли тогава паразитите да се наричат паразити? Паразитите също имат плът и кръв; паразитите също могат да се превърнат в плячка. Дали лагерът паразитира върху града, или градът върху лагера може би зависи единствено от това чий глас се чува по-надалече.

К се замисли за майка си. Беше го помолила да я доведе в родното ѝ място и той бе изпълнил желанието ѝ, макар може би само на думи. Ами ако тази ферма не беше истинското ѝ рождено място? Къде бяха каменните стени на пристройката, за която му беше разказвала? К реши да отиде през деня във фермата и да разгледа колибите по хълма, както и правоъгълника гола земя край тях. Ако майка ми е живяла тук, помисли си той, със сигурност ще го усетя. Затвори очи и се опита да си въобрази стените от тухли и кал, както и тръстиковия покрив от разказите ѝ, градината с кактуси, пиленцата, щъкащи след зрънцата, разпилени от босоногото момиченце. А в сянката на прага зад момиченцето К търсеше с поглед другата жена, жената, от чиято утроба майка му се бе появила на бял свят. Когато майка ми умираше в болницата, помисли си той, когато усещаше, че сетният ѝ час наближава, тя гледаше не мен, а някой, който стоеше зад мен: нейната майка или духа на нейната майка. За мен тя беше жена, но за себе си е била все още момиченце, момиченце, което вика майка си да го подържи за ръката и да му помогне. А майката на майка ми – в онзи таен живот, който не можем да видим – също е била момиченце. Произхождам от безкраен род на деца.

Опита се да си представи фигурата в началото на този род – жена в безформена сива дреха, която не произхожда от майка; в мига, в който се замисли за безмълвието, в което е пребивавала онази жена, безмълвието на времето преди началото, умът му блокира.

Сега, когато прекарваше толкова време в сън, животните се върнаха и започнаха да плячкосват нивата му – зайци и дребни сиви антилопи. Не би имал против, ако просто гризяха върховете на ластарите; обаче изпадаше в мрачни пристъпи на гняв, когато видеше, че изскубват растението от земята и оставят плодовете да изсъхнат. Не знаеше какво ще прави, ако загуби двата си любими пъпеша. Прекара няколко часа, опитвайки се да направи капан с помощта на тел, но така и не успя. Една вечер се настани да спи посред нивата. Блясъкът на луната не го остави да мигне; стряскаше се при всеки шум; краката му се вкочаниха от студ. Колко по-лесно би било, помисли си той, ако язът беше ограден с яка мрежа, набита трийсетина сантиметра в земята, така че вредителите да не могат да се промушат отдолу.

Постоянно усещаше в устата си вкус на кръв. Червата му къркореха, а когато се изправеше рязко, често му се завиваше свят. Понякога чувстваше стомаха си свит като юмрук в центъра на тялото. Насилваше се да яде повече тиква, отколкото искаше; това успокояваше стомаха му, но не подобряваше общото му състояние. Опита да стреля по птици, но се оказа, че е забравил да борави с прашка, а и вече нямаше предишното търпение. Уби един гущер и го изяде.

Тиквите зрееха заедно, ластарите им почнаха да пожълтяват и да съхнат. К не беше помислил как ще ги съхранява. Опита се да ги нареже на парчета и да ги изсуши на слънцето, но месото им започна да гние и да привлича мравки. Струпа трийсетте тикви на камара до землянката си – приличаха на сигнален огън. Не можеше да ги зарови – та те се нуждаеха от сухо и топло, нали бяха деца на слънцето. В крайна сметка ги подреди на петдесетина крачки една от друга по протежение на речното корито; за да ги скрие, нашари с кал кората на всяка тиква.

Пъпешите му узряха. Изяде двете си деца в два поредни дни, като се молеше да му помогнат да се почувства по-добре. И наистина усети промяна в състоянието си, макар все още да се чувстваше слаб. Сърцевината на пъпешите беше с цвета на оранжева речна тиня, само че малко по-тъмен. Никога не бе вкусвал толкова сладък плод. Колко от тази сладост се дължеше на семето, колко на земята? К събра семенцата и ги разстла да се сушат. От едно семенце – цяла шепа; ето какво означаваше *щедростта на земята*.

Мина първият ден, в който К въобще не излезе от леговището си. Събуди се следобед и не почувства глад. Духаше студен вятър, нищо не изискваше неговото внимание, работата му за тази година беше свършена. Обърна се на другата страна и отново заспа. При следващото събуждане навън беше изгрев слънце и птичките пееха.

Напълно изгуби представа за времето. Понякога, когато се събудеше полузадушен в черното палто, с крака увити в чувал, осъзнаваше, че е ден. Имаше дълги периоди, които прекарваше в мрачно вцепенение, прекалено уморен, за да се отърси от съня. Усещаше как тялото му забавя жизнените си функции. Забравяш да дишаш – казваше си той и продължаваше да лежи без да диша. Вдигаше тежката си като олово ръка и я слагаше върху сърцето: далече, сякаш в друга страна, мускулът вяло се свиваше и разпускаше.

Спеше по цели денонощия. Веднъж сънува как някакъв старец го раздрусва. Старецът беше с мръсни дрипави дрехи и вонеше на тютюн. Наведе се над К и го сграбчи за рамото: „Ще си навлечеш беля!“ – изсъска той.

Също така сънува и майка си. Вървеше с нея през планината. Макар краката да ѝ тежаха, тя беше млада и красива. К размахваше ръце, сякаш да обхване разкрилата се пред тях гледка: бе щастлив и развълнуван. Зелените завои на реките изпъкваха на фона на кафеникавата пръст; никъде не се виждаха пътища и къщи; нямаше вятър. Докато оживено ръкомахаше като с криле на вятърна мелница, К осъзна, че има опасност да се препъне и да полети от ръба на скалата в безмерната бездна между небето и земята. Но не се уплаши; сигурен беше, че ще се носи из въздуха.

Понякога излизаше от унеса без да е сигурен дали е спал ден, седмица, или месец. Хрумна му, че може би не е съвсем на себе си. Трябва да се храниш, казваше си той, да се надигнеш и да си потърсиш тиква. Скоро след това обаче отново се отпускаше назад, изпружваше крака, прозяваше се толкова сладко, че единственото, което искаше, бе да лежи и да остави удоволствието да се разлива по тялото му. Нямаше никакъв апетит; яденето, повдигането на хапката до устата, вкарването ѝ в гърлото и надолу в стомаха, му изглеждаше странно занимание.

След това, съвсем постепенно, сънят му започна да става все по-лек, а периодите на будност зачестиха. Започнаха да го спохождат рояци несвързани образи, които прелитаха през главата му толкова бързо, че не успяваше да ги проследи. Въртеше се в леглото и се мяташе, неудовлетворен от съня, но твърде изтощен, за да се надигне. Мъчеше го главоболие; стискаше зъби и се сгърчваше при всеки удар на кръвта в слепоочията му.

Разрази се буря. Докато все още гърмеше надалече, К не я забеляза. Изведнъж обаче изтрещя над главата му и започна да вали. Водата от дерето се стичаше по стените на землянката, отмиваше калта, с която бе замазал пролуките, и наводняваше леглото му. К се изправи, привел глава под плочите на покрива. Нямаше къде да отиде. Подпря се в ъгъла, заливан отвсякъде, с просмукано палто, залепнало по тялото му. Заспиваше и се събуждаше.

През деня изпълзя навън треперещ от студ. Небето беше облачно; нямаше как да си накладе огън. Повече не може да се живее така, каза си той. Тръгна из нивата, мина покрай помпата. Всичко му беше познато, макар че се чувстваше като странник или по-скоро като призрак. Навсякъде из полето имаше огромни локви; за първи път имаше вода и в реката – бърз кафеникав поток, широк повече от метър. Отвъд реката, на фона на оловносинкавия чакъл нещо се белееше. „Какво ли е това – почуди се той, – голяма бяла гъба, поникнала след дъжда?“ Изведнъж се сепна и разбра, че е тиква.

Не спираше да трепери. Краката и ръцете му бяха останали без сили; неуверено като старец местеше краката си един пред друг. Внезапно усети нужда да седне и седна направо на мократа земя. Чакаха го твърде много и твърде непосилни задачи. „Много рано се събудих – помисли си той. – Не успях да се наспя.“ Сети се, че може би трябва да хапне, за да спре да му се вие свят, но стомахът му не беше готов. Насили се да си представи чай, чаша горещ чай с много захар; застана на четири крака и пи от една локва.

Продължаваше да си седи там, когато го откриха. Чу ръмженето на автомобилите още докато бяха далече и го помисли за гръмотевица. Чак щом приближиха до портата на фермата, ги видя и разбра какви са. Изправи се, но отново му се зави свят и седна. Една от колите спря пред къщата, другата – джип – тръгна през полето към него. Вътре имаше четирима мъже; гледаше ги как приближават; обзе го безнадеждност.

В началото щяха да го помислят за най-обикновен скитник, изгубена душа, която полицията щеше все някога да прибере и да изпрати в „Якалсдръф".

– Живея в полето – отговори той на въпроса им. – Никъде не живея.

След това се наложи да подпре глава на коленете си: в главата му удряше чук, устата му се изпълни с жлъчен сок. Един от войниците хвана с два пръста ръката му и я разклати. К не я отдръпна. Усещаше я като нещо чуждо, като придатък към тялото си.

– С какво мислите, че се храни? – попита войникът. – Мухи? Мравки? Скакалци?

К не виждаше нищо друго, освен ботушите им. Затвори очи и за момент изчезна. Тогава някой го плесна по рамото и му подаде нещо: сандвич, две дебели филии бял хляб със салам по средата. К се дръпна назад и поклати глава.

– Хапни, човече – каза благодетелят му. – Събери малко сили!

К взе сандвича и отхапа. Преди да сдъвче, стомахът му се обърна. С глава между коленете той изплю парчето хляб и месо и върна сандвича.

– Болен е – каза някой.

– Пил е – добави друг.

След това обаче откриха землянката – камъните на входа се бяха оголили след дъжда. Най-напред войниците застанаха на четири крака, за да могат да надникнат през отвора един по един. След това вдигнаха покрива и отвътре се разкри спретнатото помещение – лопатата и брадвата, ножа и лъжицата, чинията и канчето на полицата, издълбана над чакълестия под, увеличителното стъкло и постелята от мокра трева. Изправиха К лице в лице със собствените му творения, но вече не бяха така благоразположени. По лицето му потекоха сълзи.

– Ти ли направи това? – попитаха го. Той кимна.

– Сам ли живееш тук?

Отново кимна. Войникът, който го държеше, рязко изви ръката му зад гърба. К измуча от болка.

– Истината! – извика войникът.

– Истината ви казвам – отвърна К.

Камионетката също пристигна. Във въздуха се разнесе гълчава, както и пиукането и пращенето на радиостанцията. Войниците се тълпяха около К и къщата, която беше построил.

– Разпръсвайте се! – извика един от тях. – Искам да претърсите целия район! Търсят се следи, дупки и тунели, скалдирани провизии! – Той сниши глас. Беше облечен в камуфлажна униформа като останалите; нямаше нашивки, по които да се разбере, че той командва. – Нали ги виждате що за хора са – продължи той. Погледът му неспокойно скачаше от един на друг; изглежда не се обръщаше към никого конкретно. – Мислите си, че няма нищо, а земята под краката ви е прокопана с тунели. Попадате на това място и решавате, че на километри наоколо няма жива душа. Щом ви видят гърба, изпълзяват от земята.

Попитайте го от колко време е тук – обърна се той към К и повиши глас: – За теб говоря! Откога си тук?

– От миналата година – отвърна К, без да знае дали лъжата ще му свърши работа.

– А кога се връщат приятелите ти? Кога ще дойдат отново?

К вдигна рамене.

– Пак го попитайте! – нареди офицерът и се обърна. – Продължавайте да го разпитвате. Питайте го кога ще дойдат приятелите му. Кога са били тук за последно. Вижте дали може да говори. Дали е наистина такъв идиот за какъвто се представя.

Войникът, който държеше К, го хвана с два пръста отзад за врата и го натисна надолу, докато К коленичи и лицето му допря земята.

– Чу какво нареди офицерът – каза войникът, – така че започвай. Разкажи ми историята си – и той перна фуражката на К и още по-силно притисна лицето му към земята. С полуразмазани нос и устни К нагълта влажна пръст. Въздъхна. Вдигнаха го и го изправиха. Не отвори очи.

– Та кажи ни за приятелите си – продължи войникът. К поклати глава. Отнесе жесток удар в слабините и припадна.

Прекараха целия следобед в търсене на храна и боеприпаси, каквито бяха сигурни, че са скрити наоколо. Най-напред претърсиха района около яза, след това се спуснаха по реката. Един от тях използваше някакъв уред с черна кутия и слушалки: К го наблюдаваше как бавно се движи по брега на реката, където почвата беше мека, и забива пръчката си в пръстта. Откриха много от тиквите, може би дори всички: по-младите мъже се захванаха да ги пренасят и да ги хвърлят на купчина в края на нивата. След като намериха тиквите, вече бяха сигурни, че има още скрити провизии. („Защо иначе биха оставили тук тази маймуна?“ – подочу К.)

Искаха отново да подновят разпита, но той беше съвсем отмалял. Дадоха му чай, който изпи, след което се опитаха да го убедят с добро:

– Ти си болен, човече – казаха му. – Виж се. Виж докъде са те докарали твоите приятели. Не им пука какво става с теб. Искаш ли да си идеш вкъщи? Ще те заведем у дома и ще ти помогнем да започнеш отначало.

Подпряха го на едно от колелата на джипа. Един от войниците донесе фуражката му и я хвърли в скута му. Предложиха му резен мек бял хляб. Той отхапа, след което се наведе настрани и повърна залъка заедно с чая.

– Оставете го, свършено е с него – каза някой. К обърса уста с ръкава си. Седяха в кръг около него; имаше усещането, че се чудят как да постъпят.

– Не съм това, за което ме мислите – започна той. – Спях, а вие ме събудихте, това е всичко.

Изглежда не разбираха какво им говори.

Настаниха се във фермата. Извадиха свой котлон в кухнята и скоро К разбра по миризмата, че пържат домати. Някой бе окачил радиоапарат на верандата; въздухът се наелектризира с невротични ритми, които го дразнеха.

Сложиха го да спи в спалнята накрая на коридора върху сгънат на четири насмолен брезент и завит с одеяло. Дадоха му топло мляко и две хапчета, според тях аспирин, които стомахът му задържа. По-късно, след като се стъмни, едно момче му донесе чиния с храна.

– Опитай се да хапнеш поне залък – каза то и освети чинията с фенерче. К видя две наденици в тлъст сос и картофено пюре. Поклати глава и се обърна към стената. Момчето остави чинията на нощното шкафче („В случай, че промениш решението си.“) След това престанаха да го безпокоят. Известно време К се опитваше да задреме, но миризмата на храна го дразнеше. Накрая стана и премести чинията в ъгъла. Някои от войниците бяха на терасата, други – в дневната. Смееха се и разговаряха, но не палеха лампите.

На следващата сутрин пристигнаха полицаи с кучета от Принс Албърт, които да помогнат в търсенето на тунели и скрити провизии. Капитан Уестхаъйзен тутакси разпозна К.

– Как бих могъл да забравя това лице? – каза той. – Та този тип избяга от „Якалсдръф“ през декември. Казва се Майкълс. Как ви каза, че се казва?

– Майкъл – отвърна офицерът.

– Майкълс е – настоя капитан Уестхаъйзен и срита К с ботуш в ребрата. – Не е болен; винаги изглежда по този начин. Хей, Майкълс?

Отведоха К при яза; там кучетата дърпаха водачите си напред-назад из нивата му и нагоре-надолу по реката, виеха от настървение, опъваха каишките, но в крайна сметка не откриха нищо друго, освен стари дупки на таралежи и котила на зайци. Уестхаъйзен удари К по главата.

– Е, какво ще кажеш, маймуно? – викна той. – Разиграваш ни, а?

Натовариха кучетата обратно в камионетката. Вече всички бяха изгубили интерес да продължават търсенето. Младите войници се припичаха на слънце, говореха си и пиеха кафе.

К наведе глава между коленете си. Макар че умът му беше бистър, не можеше да преодолее замайването. От устата му се точеше слюнка; не я обърса. „Всяка буца пръст тук ще бъде отмита от дъжда – помисли си той, – изсушена от слънцето и продухана от вятъра, преди сезоните да се сменят. Няма да остане и една педя, която да носи моите следи, точно както майка ми – след един сезон в земята – е отмита, разпиляна и всмукана в стръковете трева.

И какво тогава ме привързва към тази земя като към дом, който не мога да напусна? В крайна сметка всички трябва да напуснем дома си, да напуснем майките си. Или пък съм дете, дете от род на деца, в който никой не може да напусне никого, всеки се връща да умре, положил глава в скута на майка си, аз – в нейния, тя – в майчиния си, и така поколения и поколения назад."

Избухна мощен взрив, след това още един. Въздухът се разтресе, птиците се разписукаха, хълмовете забоботиха от ехото. К взе да се оглежда като обезумял.

– Вижте! – каза някакъв войник и посочи.

Там, където допреди миг се издигаше къщата на Фъсахи, сега се стелеше сивкаво-оранжев облак, не мъгла, а прах, сякаш вихрушка бе отнесла сградата. След малко облакът престана да нараства, изтъня, избистри се и на негово място започна да се очертава скелет: част от задната стена с комина, три от носещите колони на верандата. Лист ламарина от покрива полетя във въздуха и безшумно падна на земята. Екотът продължи, но К вече не знаеше дали иде от хълмовете, или е в главата му.

Прелетяха лястовици, толкова ниско над земята, че К можеше да ги докосне, стига да протегнеше ръка.

Последваха още експлозии, но той не вдигна глава, досещайки се, че взривяват пристройките. Помисли си: „Фъсахи вече няма къде да се крият."

Джипът се затресе обратно през полето. Навсякъде около К почистваха и опаковаха. В нивата му обаче някакъв войник продължаваше да работи. Изкопаваше туфи трева и внимателно ги подреждаше на една страна. К се надигна с известна тревога и закуцука към него.

– Какво правиш? – викна му.

Войникът не отговори. Започна да копае плитка яма, като събираше пръстта върху парче черен найлон. К забеляза, че това е третата яма, която бе изкопал: встрани от първите две земята беше грижливо събрана върху найлони, заедно с чимовете трева с полепнала по корените им пръст.

– Какво правиш? – попита отново. Гледката на непознатия, който разравяше собствената му земя, го развълнува повече, отколкото бе предполагал. – Нека аз да го направя – предложи му К. – Свикнал съм да копая.

Но войникът му направи знак да се маха. След като приключи с четвъртата дупка, той отброи седем-осем крачки и постла още един найлон. В мига, в който лопатата загреба пръстта, К клекна и покри тревата с ръце.

– Моля те, приятелю! – каза той. Войникът се отдръпна раздразнено. Някой издърпа К за врата.

– Просто го разкарайте от пътя ми – каза войникът.

К застана до помпата, за да наблюдава. След като изкопа пет дупки, разположени зигзагообразно, войникът разви дълго бяло въже, за да отбележи територията. Двама от другарите му донесоха от камионетката един сандък и започнаха да поставят мини. Щом сложеха мината и я заредяха, първият войник засаждаше отгоре туфа трева и насипваше пръст шепа по шепа, отъпкваше земята и заличаваше стъпките с метличка, като се оттегляше на четири крака.

– Махай се от пътя – извика някой зад К. – Върви и чакай при камионетката.

Беше офицерът. Докато се оттегляше, К чу заповедите му:

– Заровете две в подпорите, на дълбочина половин човешки бой. Поставете още една под платформата. Стъпят ли върху тях, тук нищичко да не остане.

Целият багаж беше събран и вече щяха да тръгват, след като бяха натоварили К заедно с войниците в каросерията, когато някой посочи купчината тикви, която бяха оставили в края на нивата.

– Товарете! – разпореди се офицерът от джипа.

Натовариха тиквите.

– И оправете бърлогата му. Да стане както си е била!

Чакаха, докато се постави покривът.

– Затиснете го с камъни – както е бил! По-бързо!

Камионът се задруса и заподскача по прашния път след джипа. К се хвана за дръжката над главата си; усещаше как съседите му се отдръпват, само и само да не се докоснат до него. Издигна се облак прахоляк и К вече не можеше да види какво оставя зад себе си.

Наведе се към младия войник и го погледна в очите.

– Знаеш ли – каза той, – че в тази къща се криеше човек?

Войникът не разбра. Наложи се К да повтори.

– Какво ти разправя? – попита някой.

– Казва, че в къщата се криело друго момче.

– Кажи му, че вече е мъртво. Кажи му, че е в рая.

Не след дълго стигнаха до отклонението. Камионът набра скорост, гумите засвистяха, войниците се отпуснаха, а прахолякът зад тях се разнесе и разкри дългата права лента на шосето за Принс Албърт.

II

В ОТДЕЛЕНИЕТО ИМА НОВ ПАЦИЕНТ, ДРЕБНИЧЪК СТАРЕЦ, който колабира по време на физическата тренировка и го внесоха вътре с повърхностно дишане и слаб пулс. Всичко свидетелства за продължително недохранване: напукана кожа, рани по ръцете и краката, кървящи венци. Ставите му са изпъкнали, тежи не повече от четиридесет килограма. Намерили са го сам-самичък някъде в Кару, посред нищото; поддържал база за бунтовниците в планините – криел оръжия и отглеждал плодове, макар очевидно да не ги е ядял. Попитах охраната защо са го подложили на физически занимания в неговото състояние. Било въпрос на недоглеждане, отвърнаха. Пристигнал с новото попълнение, процедурата отнела доста време, дежурният сержант се чудел каква работа да им намери, докато чакат, и затова ги накарал да тичат на място. Как не е видял, че човекът не е в състояние да тича? – попитах. Затворникът не се е оплакал, отговориха ми. Казал, че всичко е наред, че винаги си е бил слаб. Не виждате ли разликата между слаб човек и скелет? – попитах. Вдигнаха рамене.

*

Боря се с новия пациент Майкълс. Твърди, че всичко му било наред; единственото, което иска, е да му дам нещо срещу главоболието. Казва, че не е гладен. Всъщност не може да задържа храна. Поддържам го със система, на която вяло се съпротивлява.

Макар да изглежда като старец, твърди, че бил само на трийсет и две. Може би казва истината. От Кейп е и знае хиподрума още от времето, когато е бил хиподрум. Учуди се като му казах, че тук преди са се намирали съблекалните на жокеите.

– С моите килограми и аз мога да бъда жокей – каза ми той. Работил като градинар към Общината, но загубил работата си и тръгнал да си търси късмета в провинцията, като взел и майка си със себе си.

– Къде е майка ти сега? – попитах го.

– Наторява растенията – отвърна той и отбягна погледа ми.

– Имаш предвид, че е починала? – подсетих го.

Той кимна.

– Изгориха я – каза. – Косата ѝ пламтеше около главата като ореол.

Заявява подобни неща невъзмутимо, сякаш говори за времето. Не съм сигурен, че е от мира сего. Опитвам се да си представя как е подсигурявал база за бунтовниците, но не ми се удава. По-вероятно е някой да е дошъл, да му е предложил питие и да го е помолил да пази някакво оръжие, а Майкълс е бил прекалено глупав или наивен, за да откаже. Затворен е като бунтовник, но едва ли въобще знае за войната.

*

Сега, след като Фелисити го обръсна, имам възможност да прегледам устата му. Най-обикновена непълна цепнатина с леко разместване на септума. Небцето е наред. Попитах го дали някога е правен опит за корекция. Не знаеше. Подчертах, че операцията е съвсем лека, дори и на неговата възраст. Би ли се съгласил да се оперира, ако му се удаде възможност? Отвърна (цитирам): „Аз съм това, което съм. Никога не съм представлявал интерес за момичетата.“ Прииска ми се да му кажа, че въпросът не е в момичетата, че ще му е много по-лесно, ако може да говори като всички останали, но в крайна сметка премълчах, не желаех да го нараня.

Споменах за него пред Ноел.

– Не може да играе на стрелички, камо ли да поддържа бунтовническа база – казах. – Какъвто е слабоумен, вероятно случайно е попаднал във военната зона и не се е усетил да избяга. Трябва да бъде настанен на защитено място – да плете кошници или да нижe маниста, а не да седи затворен в изправителен лагер.

Ноел извади регистъра.

– Според написаното тук – заяви той, – Майкълс е участвал в палежи. Също така е избягал от трудов лагер. Обработвал е цветуща градина в изоставена ферма и е изхранвал местните бунтовници, когато са го хванали. Ето това е историята на Майкълс.

Поклатих глава.

– Допуснали са грешка. Взели са го за някой друг Майкълс. Този Майкълс е идиот. Този Майкълс не знае как да запали кибритена клечка. Ако този Майкълс е обработвал цветуща градина, то защо го докараха примрял от недохранване?

– Защо не си се хранил? – попитах Майкълс, щом се върнах в отделението. – Казват, че си имал градина. Защо не ядеше?

Отговорът му:

– Събудиха ме, докато спях. – Изглежда съм го погледнал тъпо, защото добави: – В съня си не се нуждая от храна.

Твърди, че името му е Майкъл, а не Майкълс.

*

Ноел ме притиска да ускоря изписването на пациентите. В лазарета има осем легла, а в момента – шестнайсет пациенти; осем от тях са настанени в бившето помещение на жокеите. Ноел ме пита не мога ли да лекувам и изписвам по-бързо. Отвръщам му, че не виждам смисъл да пусна пациент с дизентерия обратно в лагера, освен ако не иска епидемия. Разбира се, той не искал епидемия – казва ми, – но в миналото имало случаи на симулации, каквито искал да избегне понастоящем. Той носи отговорност за програмата си – отговарям му, а за пациентите – аз; нали това е задължението на военния лекар. Потупва ме по рамото.

– Чудесно си вършиш работата, не го оспорвам – казва той. – Само се питам дали няма да останат с впечатлението, че сме прекалено великодушни.

И двамата замълчаваме; гледаме мухите по стъклото на прозореца.

– Но ние сме великодушни – вметвам.

– Може и да сме великодушни – отвръща той. – А може би просто дълбоко в себе си сме пресметливи. Мислим си, че ако един ден ни изправят пред съда, някой ще излезе отпред и ще каже: „Тези двамата ги пуснете. Те бяха великодушни.“ Кой знае? Но не за това ми е думата. Говоря ти за текучеството. В момента имаш повече пациенти, които приемаш в отделението, отколкото такива, които изписваш. Въпросът ми е ще направиш ли нещо във връзка с това?

Когато излязохме от кабинета, видяхме как някакъв ефрейтор издига на пилона насред пистата оранжево-бяло-синия флаг; петчленен оркестър свиреше „Uit die blou“*, корнетът беше фалшив, а шестстотин намусени мъже, босоноги, с износени униформи, стояха мирно, докато ги превъзпитаваха. Година по-рано все още се опитвахме да ги накараме да пеят, но вече се бяхме отказали.

*

Тази сутрин Фелисити изведе Майкъл навън, на чист въздух. Когато минах покрай него, седеше на тревата обърнал лице към слънцето като гущер, който се припича. Попитах го дали му харесва в лазарета. Беше неочаквано словоохтлив.

– Радвам се, че няма радио – каза ми. – На едно друго място, където съм бил, през цялото време свиреше радио.

Най-напред си помислих, че има предвид друг лагер, но се оказа, че говори за забравената от бога институция, в която е прекарал детството си.

– Звучеше музика по цял следобед и по цяла вечер, чак до осем часа. Обливаше всичко като с олио.

– Музиката е била, за да ви успокоява – обясних. – В противен случай щяхте да се избивате и да хвърляте столове през прозорците. Музиката е трябвало да укротява беса в душите ви.

---

* „От синьото на нашето небе“ (африканс). Б. пр.

Не знам дали ме разбра, но се усмихна накриво.

– Музиката ме изнервяше – каза. – Не ме свърташе на едно място. Не ме оставяше насаме с мислите ми.

– А за какво искаше да си мислиш?

Той:

– За летенето. Исках да мога да летя. Разпервах ръце и си представях, че летя над оградите и между къщите. Прелитах ниско над главите на хората, но те не можеха да ме видят. Когато пуснеха музиката, ставах прекалено нервен, за да го правя – да летя. – Обясни и дори даде пример с една-две мелодии, които го бяха изнервяли най-много.

Преместих го на леглото до прозореца, по-далече от момчето със счупения глезен, което, кой знае защо, е развило непоносимост към него и по цял ден съска насреща му. Сега, когато седне в леглото си, поне може да вижда небето и върха на пилона със знамето.

– Хапвай малко повече и ще можеш да излизаш на разходка – придумвам го. Това, от което наистина има нужда обаче, е психотерапия, каквато не можем да му осигурим. Той е като онези играчки, направени от кибритени клечки и вързани с ластици. Нуждае се от балансирана диета, леки упражнения и психотерапия, така че скоро да може да се върне към лагерния живот, да марширува напред-назад по пистата, да декламира лозунги, да поздравява знамето и да се упражнява в изкопаване на дупки и в заравянето им.

*

Подслушано в столовата:

– За децата е много трудно да свикнат да живеят в апартамент. Липсват им голямата градина и животинките им. Евакуираха ни за нула време: с тридневно предупреждение. Плаче ми се, като си помисля какво оставихме зад гърба си.

Казва го румена жена с рокля на точки, съпруга, предполагам, на някой от подофицерите. (В сънищата за изоставения ѝ дом непознат мъж се просва с ботуши върху чаршафите или отваря хладилника и се изплюва в сладоледа.)

– Не ме увещавай да не си го слагам на сърцето – казва тя. Приятелката ѝ е фина, дребна жена, сресана назад като мъж.

Вярва ли някой от нас в онова, което вършим тук? Съмнявам се. Най-малко пък съпругът ѝ подофицер. Предоставят ни бивша писта и бодлива тел и ни нареждат да извършим промяна в душите на мъжете. Без да сме специалисти по душата, предпазливо допускаме, че тя има нещо общо с тялото и караме пленниците да правят лицеви опори и да маршируват. Също така ги упражняваме да свирят мелодии от репертоара на духовата музика и им показваме филми, в които млади мъже в спретнати униформи учат побелелите селски старци как се изтребват комари и как се оре на баир. В края на изправителната програма удостоверяваме, че са превъзпитани и ги пращаме в трудовите войски да носят вода и да копаят отходни ями. На големите военни паради винаги присъства група от трудовите войски, която марширува покрай камерите, редом до танковете, ракетите и леката артилерия – доказателство, че можем да превръщаме враговете си в приятели. Забелязвам обаче, че те маршируват с лопати на рамо, не с пушки.

*

След един неделен отпуск се явявам на портала с чувството на комарджия, който си плаща, за да бъде допуснат до конните надбягвания. СЕКТОР А – пише на входа. САМО ЗА СЪСТЕЗАТЕЛИ И СЛУЖЕБНИ ЛИЦА – гласи табелата над вратата на лазарета. Защо не са я свалили? Наистина ли смятат, че пистата ще бъде отворена някой ден? Има ли все още хора, които тренират състезателни коне с надеждата, че след цялата тази суматоха светът ще бъде същият, както преди?

*

Оставаме с дванайсет пациенти. При Майкълс обаче не се наблюдава подобрение. Очевидно случаят е чревна атрофия. Оставям го само на обезмаслено мляко.

Лежи и гледа към прозореца и небето, ушите стърчат от голата му глава, усмихва се по своя си начин. Когато го доведоха, носеше пакет, увит с амбалажна хартия, който сложи под възглавницата си. Напоследък все си го притиска до гърдите. Попитах го дали вътре пази своята *muti*. Не – отвърна той и ми показа изсушени тиквени семки. Това доста ме впечатли.

– Трябва отново да се захванеш с градинарство, когато войната свърши. Мислиш ли да се върнеш в Кару? – попитах го, а той ме погледна плахо. – Разбира се, почвата на полуострова също е добра, с всички онези тучни ливади – казах аз. – Хубаво би било отново да има плодни и зеленчукови градини на полуострова.

Не ми отговори. Взех пакета от ръката му и го пъхнах под възлавницата „за по-сигурно“. Когато наминах час по-късно, спеше с уста върху възглавницата, като бебе.

Той е като камък, като камъче, кротко лежало открай време без никому да пречи, а сега изведнъж го подмятат от ръка на ръка. Малко твърдо камъче, което не се интересува от заобикалящото го, а е потънало в себе си и във вътрешния си мир. Като камък минава през всички тези институции, лагери, болници и Бог знае какво още. През червата на войната. Създание, неспособно да се роди, неродено. Не мога да мисля за него като за възрастен човек, макар по всичко да личи, че е по-голям от мен.

*

Състоянието му е стабилно; диарията – овладяна. Пулсът му обаче е слаб, а кръвното налягане – ниско. Миналата нощ се оплака, че му е студено, въпреки че нощите взеха да се стоплят, и Фелисити му занесе чифт чорапи. Тази сутрин, когато се опитах да се държа приятелски с него, той ме отблъсна:

– Да не мислиш, че ще умра, ако ме зарежеш? – сопна ми се. – Защо искаш да стана дебел? Защо въобще вдигате шум около мен, защо съм ви толкова важен?

Не бях в настроение да споря. Опитах се да го хвана за китката; издърпа я с изненадваща сила и размаха ръка като пипало на насекомо. Оставих го, за да довърша обиколката си и отново се върнах. Имаше нещо, което исках да му кажа:

– Питаш ме защо си важен, Майкълс. Отговорът е, че не си важен. Но това не означава, че си забравен. Никой не е забравен. Спомни си за врабчетата. „Не продават ли се две врабчета за един асарий? И пак Господ ги не забравя.“*

Той впери поглед в тавана подобно старец, който се допитва до духовете, след което заговори:

– Майка ми работеше през целия си живот – каза. – Търкаше подовете по чуждите къщи, готвеше на чуждите хора, миеше им съдовете. Переше мръсните им дрехи.

* Евангелие от Матея 10:29. Б. пр.

Жулеше банята след тях. Коленичеше и чистеше тоалетната. Но когато остаря и се разболя, всички я забравиха. Натириха я далече от очите си. Когато умря, я хвърлиха в огъня. Дадоха ми праха ѝ в една стара кутия и ми казаха: „Ето я майка ти, отнеси я, вече не ни трябва."

Момчето със счупения глезен надаваше по едно ухо, макар че се преструваше на заспало.

Отговорих на Майкълс възможно най-рязко; нямаше смисъл да пригласям на самосъжалението му:

– Правим за тебе каквото трябва – съмрих го. – С нищо не си по-специален от другите, бъди спокоен. Оздравееш ли, чакат те много подове за търкане и тоалетни за чистене. А що се отнася до майка ти, сигурен съм, че не ми казваш цялата истина, както съм сигурен, че си наясно с това.

Въпреки всичко той е прав: наистина му обръщам прекалено голямо внимание. Какъв е той в крайна сметка? От една страна сме залети с бежанци от селата, които търсят сигурност в градовете. От друга са хората, уморили се да живеят по петима в стая и да гладуват, които напускат градовете и тръгват да си търсят препитание в запустялата провинция. Какъв е Майкълс, ако не един от многото, спадащи към втората категория. Мишка, която напуска претъпкания потъващ кораб. Само че градска мишка, която не е знаела как да се препитава от земята, поради което се е оставила да гладува. След което имала късмета да я забележат и отново да я качат на борда. С какво толкова е засегнато честолюбието му?

*

Телефонирали бяха на Ноел от полицейското управление в Принс Албърт. Снощи атакували водоснабдяването на града. Взривили помпата, както и част от водопровода. Докато чакат инженерите, ще задоволяват нуждите на населението с кладенчова вода. Надземното електроснабдяване също е прекъснато. Очевидно още едно малко корабче е потънало, докато големите кораби, все по-самотни, порят мрака и се превиват под тежестта на човешкия си товар. От полицията искат още веднъж да разговарят с Майкълс по повод отговорните за всичко това, т.е. приятелите му от планината. Ако не, ние трябвало да му зададем няколко въпроса.

– Нали вече идваха при него? – взех да протестирам пред Ноел. – Защо им е да го разпитват повторно? Прекалено болен е, за да пътува, а и не може да поеме отговорност за себе си.

– А прекалено болен ли е да разговаря с нас? – попита ме Ноел.

– Не е, но няма да чуем от него една разумна приказка – казах. Ноел отново извади документите на Майкълс и ми ги показа. В графата *Категория* пишеше *opgaarder**
с грижливия калиграфски почерк на селския полицай.

– Какво означава *opgaarder?* – попитах аз.

Ноел:

– Същото като катерица, мравка или пчела.

– Някакъв нов ранг ли е? – продължих аз. – Да не би да е ходил в училище за *opgaarder* и да е получил нашивка на *opgaarder?*

Заведохме Майкълс по пижама, наметнат с одеяло, до склада в другия край на трибуната. До стената бяха нахвърляни кутии боя и кашони, от всеки ъгъл висяха паяжини, по пода имаше дебел слой прах; нямаше къде

* Пазач на склад (африканс). Б. пр.

да се седне. Майкълс стоеше намусено пред нас, стиснал одеялото, непоколебимо стъпил на краката си, подобни на мотовилки.

– Загазил си го, Майкълс – каза Ноел. – Твоите приятели от Принс Албърт са се държали лошо. Превръщат се в истинска напаст. Трябва да ги хванем, трябва да разговаряме с тях. Смятаме, че не даваш всичко от себе си, за да ни помогнеш. Затова сега получаваш втори шанс. Искаме да ни разкажеш за приятелите си: къде се крият, как можем да се срещнем с тях.

Ноел запали цигара. Нито мускул не трепна по лицето на Майкълс, който не сваляше погледа си от нас.

– Майкълс – намесих се, – Майкъл, някои от нас дори не сме сигурни, че имаш нещо общо с бунтовниците. Ако успееш да ни убедиш, че не си работил за тях, ще ни спестиш много грижи, а на себе си – големи неволи. Затова, кажи ми, кажи на майора какво точно правеше в онази ферма, когато те заловиха? Защото всичко, което знаем, е в тези документи от полицейското управление в Принс Албърт, а – честно казано – на нас не ни звучат много правдоподобно. Кажи ни истината, цялата истина, след което можеш да се върнеш в леглото и повече няма да те безпокоим.

Сега той забележимо се сви, вдигна одеялото до брадичката си и се втренчи в нас.

– Хайде, приятелю! – казах. – Никой няма да те нарани, просто ни кажи онова, което искаме да знаем!

Настъпи дълго мълчание. Ноел се отказа да говори и прехвърли бремето върху мен.

– Хайде, Майкълс – подканих го, – нямаме цял ден за губене. Навън е война!

Най-накрая той заговори:

– Аз не участвам в тази война.

Вбесих се.

– Не участваш във войната, така ли? Разбира се, че участваш, човече, все едно дали ти харесва, или не! Това тук е лагер, не е курорт, не е санаториум: лагер е. Вдигаме на крака хора като теб и ви пращаме да работите! Ще се научиш да пълниш торби с пясък и да копаеш дупки, приятелю, докато гърбът ти се счупи! А опъваш ли се, ще идеш на много по-лошо място! Ще идеш на място, където по цял ден ще се пържиш на слънцето, ще ядеш картофени обелки и царевични кочани и ако не оцелееш, такъв ти бил късметът – ще те зачеркнат от списъка и край с теб! Затова започвай да говориш, времето тече, казвай какви си ги вършил, за да можем да напишем рапорт и да го пратим в Принс Албърт! Майорът е зает човек, не е свикнал да си губи времето. Излезе от пенсия, за да ръководи този хубав лагер и да помага на такива като теб. Трябва да ни съдействаш.

Все още присвит, готов да избяга, ако му се нахвърля, Майкъл отговори:

– Не ме бива в приказките – беше единственото, което каза. Навлажни устни с езика си на гущер.

– Не искаме от теб да те бива или да не те бива в приказките, човече. Просто ни кажи истината!

Той се усмихна лукаво.

– Какво отглеждаше – започна Ноел – в твоята градина?

– Зеленчуци.

– За кого бяха зеленчуците? На кого ги даваше?

– Не бяха мои. Земята ги раждаше.

– Попитах на кого ги даваше?

– Войниците ги взеха.

– Имаше ли против войниците да ги вземат?

Майкълс вдигна рамене.

– Онова, което расте от земята, е за всички нас. Всички ние сме деца на земята.

Намесих се на свой ред:

– Майка ти е погребана в същата тази ферма, нали? Не ми ли каза, че майка ти е погребана там?

Лицето му се вкамени, но аз продължих да настоявам, усещайки предимството си.

– Разказа ми историята на майка си, но майорът не я е чул. Разкажи на майора майчината си история.

Отново забелязах колко се разстройва, когато трябва да говори за майка си. Сви пръстите на краката, облиза цепнатата си устна.

– Разкажи ни за приятелите си, които нападат посред нощ, опожаряват ферми, убиват жени и деца – каза Ноел. – Това искам да чуя.

– Разкажи ни за баща си – намесих се аз. – За майка си разправяш много, а баща си никога не споменаваш. Какво се е случило с него?

Той упорито стисна уста – устата, която никога не се затваряше изцяло – и ни изгледа намръщено.

– Нямаш ли деца, Майкълс? – попитах аз. – На твоята възраст нямаш ли жена и деца, скрити някъде? Защо си сам? Какъв е залогът ти за бъдещето? Нима искаш всичко да свърши с теб? Би било тъжно, не мислиш ли?

Възцари се тишина, толкова нагнетена, че чак ушите ми писнаха; тишина, каквато има в мините, мазетата, противобомбените скривалища и въобще в местата без въдух.

– Доведохме те тук, за да говориш, Майкълс – казах му. – Даваме ти хубаво легло и много храна, можеш по цял ден охолно да си лежиш и да гледаш как птиците прелитат в небето, но очакваме нещо в замяна. Време е да ни го дадеш, приятелю. Имаш какво да ни казваш, а ние искаме да го чуем. Разкажи ни за майка си. Разкажи ни за баща си. Разкажи ни за житейските си възгледи. Ако пък не искаш да ни разкажеш за майка си, баща си и житейските си възгледи, то тогава разправяй за скорошното си земеделско начинание и за прятелите си от планините, които са те навестявали от време на време, за да се нахранят. Кажи ни онова, което искаме да знаем и след това ще те оставим на мира.

Направих пауза, а той каменно ме изгледа.

– Говори, Майкълс – продължих. – Нали виждаш колко лесно е да се говори, така че – *говори*. Чуй ме, чуй ме колко лесно изпълвам стаята с думи. Познавам хора, които могат да говорят по цял ден без да се уморят, които могат да изпълнят с думи цели светове.

Ноел улови погледа ми, но аз продължих:

– Хайде, стегни се, човече, иначе ще преминеш през живота незабелязан като сянка. Ще бъдеш просто една цифра в списъка на оцелелите след войната, когато изчисляват броя им, за да го извадят от цялото и да получат разликата. Не искаш да си един от загиналите, нали? Искаш да живееш, нали? Ами тогава *говори*, дай да ти чуем гласа, разкажи историята си! Слушаме те! Къде другаде ще намериш двама любезни цивилизовани господа, готови да слушат историята ти цял ден и, ако трябва, цяла нощ и да си водят записки?

Ноел излезе от стаята без предупреждение.

– Чакай тук, връщам се – казах на Майкълс и набързо последвах майора.

Спрях Ноел в мрачния коридор и му се примолих:

– Никога няма да изкопчиш от него и една смислена приказка – казах. – Със сигурност го виждаш. Той е глупак, който дори не е интересен. Бедна, безпомощна душа, която са допуснали да се скита из бойното поле, ако мога да използвам тази дума – бойното поле на живота, вместо да го затворят в институция с високи стени, където да пълни възглавници и да полива цветя. Чуй ме, Ноел, най-сериозно те моля. Пусни го! Не се опитвай да му вадиш думите с бой…

– Кой тук говори за бой?

– … Не се опитвай да измъкнеш нещо от него, защото в действителност няма какво. Той не знае какво прави в пълния смисъл на думата. Наблюдавам го от дни и съм сигурен в това. *Опитай да скалъпиш нещо за рапорта*. Колко души, мислиш, наброява бандата бунтовници в Суартберх? Двайсет? Трийсет? Пиши, че ти е казал двайсет, все същите двайсет души. Идвали са във фермата всеки четири, пет, шест седмици; никога не са го информирали кога ще бъде следващото им посещение. Знаел имената им, но само малките. Направи списък с малките им имена. Направи списък с оръжията, които са носели. Кажи, че имали лагер някъде в планината, но никога не са му казали къде точно, освен че се намирал на високо и че пеш от фермата се стигало за два дни. Кажи, че спели в пещери и че имало и жени с тях. Също и деца. Това е достатъчно. Напиши рапорта и им го прати. Достатъчно е, за да ни оставят на мира да си гледаме работата.

Стояхме отвън, на слънце, под синьото пролетно небе.

– Значи искаш да напиша лъжа и да се подпиша отдолу.

– Не е лъжа, Ноел. Може би има повече истина в историята, която ти разказах, отколкото в онова, което би могъл да изтръгнеш от Майкълс, ако му размажеш пръстите на ръцете.

– Ами ако тази банда въобще не живее в планината? Ако са се укрили някъде в близост до Принс Албърт и кротко си вършат работата през деня, а нощем, когато децата им заспят, изваждат пушките изпод дъските и тръгват да бродят из мрака – да взривяват, да опожаряват, да тормозят хората? Помислял ли си за тази възможност? Защо толкова държиш да защитиш Майкълс?

– Не го защитавам, Ноел! Искаш ли да прекараш остатъка от деня в тази мръсна дупка и с ченгел да вадиш думите на клетия идиот, който не може да различи лакътя от задника си, на който му треперят гащите, щом помисли за майка си, която с пламнала коса го посещава в сънищата му, който вярва, че бебетата се носят от щъркелите? Имаме по-важни неща да вършим, Ноел! *Нищо няма да разберем от него*, казвам ти, а предадеш ли го на полицията, и те ще стигнат до същия извод: няма какво да ни каже; нищо от неговите приказки не би могло да бъде и от най-малък интерес за разумните хора. Наблюдавал съм го и знам! Той не е от този свят. Той живее в негов си свят.

И тъй, Майкълс, откъдето и да го погледнеш, красноречието ми те спаси. Ще скалъпим история за пред полицията и вместо да пътуваш с белезници към Принс Албърт, натоварен в някаква каросерия насред локва урина, ще си лежиш в чистите чаршафи, ще слушаш гукането на гълъбите в дърветата, ще дремеш и ще си сам със собствените си мисли. Надявам се някой ден да си ми благодарен.

Удивително е, че си оцелял цели трийсет години в сенките на града, след което месеци си бродил във военната зона (ако някой въобще повярва на историята ти) и си се измъкнал невредим, защото твоето оцеляване е като оцеляването на най-хилавото пате, на недоносеното коте или на новоизлюпеното пиленце, изхвърлено от гнездото. Без документи, без пари, без семейство, без приятели, без съзнание за това кой си. Най-загадъчният сред загадъчните – загадъчен до степен на чудо.

*

Първият топъл летен ден – ден за плаж. Наместо това довеждат нов пациент с треска, световъртеж, повръщане и подуване на лимфните възли. Изолирах го в бившето помещение на жокеите и изпратих във Вейнберх проби кръв и урина за изследване. Преди половин час, когато минавах покрай пощенската стая, забелязах, че пакетът с червен кръст и печат СПЕШНО все още си седи. Чиновникът ми обясни, че пощенската камионетка нямало да идва днес. Не може ли да го изпрати по куриер с велосипед? Нямал кого да прати, отвръща той. Не става дума просто за един затворник – обяснявам аз, – а за здравето на целия лагер. Чиновникът вдига рамене. Môre is nog ’n dog.* Защо да се бърза? На бюрото му е отворено списание с голи мадами.

Отвъд западната стена, отвъд оградата от тухли и бодлива тел, дъбовете по Росмийд авеню през последните няколко дни са избухнали в изумрудено зелено. Откъм улицата долита тракането на конски подкови, а от другата страна – от физкултурната площадка – измъченото виене на камерния църковен хор на Вейнберх, който идва всяка втора неделя заедно с акордеонист и пее пред затворниците. В момента пеят „Loof die Heer“** – последното изпълнение, след което затворниците ще отидат с маршова стъпка в Блок Д и ще обядват каша,

---

* И утре е ден. (африканс) Б. пр.

** Благословен бъди, Господи. (африканс) Б. пр.

бульон и боб. За душите им се грижат хор и пастор (няма недостиг на пастори), а за телата – военен лекар. Следователно нищо не им липсва. След няколко седмици ще получат удостоверение за „здраво тяло в здрав дух“, след което на тяхно място ще цъфнат шестстотин нови лица.

– Ако не го направя аз, някой друг ще го направи – заявява Ноел, – а този друг ще бъде по-лош от мен.

– Поне затворниците престанаха да измират при неизяснени обстоятелства, откакто съм на власт – казва Ноел.

– Войната не може да продължава вечно – казва Ноел, – някой ден ще трябва да свърши, както всичко свършва.

Сентенциите на майор Ван Ренсбург.

– И все пак – отговарям аз, когато ми идва редът, – щом прекратят стрелбата, часовите побягнат и враговете минат през портала необезпокоявани, ще очакват да видят коменданта на лагера зад бюрото му с револвер в ръка и куршум в главата. Този жест ще очакват от теб, въпреки всичко.

Ноел не отговаря, макар че, предполагам, вече е помислил за това.

*

Вчера изписах Майкълс. Специално подчертах в болничния лист, че трябва да бъде изключен от физически занятия най-малко седем дни. Въпреки това първото, което видях тази сутрин, когато се качих на централната трибуна, беше Майкълс, който, гол до кръста, подтичваше в кръг по пистата заедно с всички останали – скелет, влачещ се подир четиридесет здрави и прави мъже. Направих възражение пред дежурния офицер. Отговорът му:

– Като не може повече, ще спре.

Възпротивих се:

– Ще падне мъртъв. Сърцето му ще се пръсне.

– Разправял ти е някакви небивалици – отвърна той. – Не трябва да вярваш на всичко, което ти кажат тия отрепки. Нищо му няма. И какво толкова си се притеснил за него? Погледни – и той посочи Майкълс, който мина покрай нас със затворени очи, запъхтян, със спокойно лице.

Може би наистина прекалено вярвам на приказките му. Може би истината е, че просто се нуждае от по-малко храна в сравнение с другите.

*

Оказа се, че греша. Не биваше да се съмнявам. След два дни го върнаха в отделението. Фелисити отвори вратата, а там беше той, в безсъзнание, подкрепян от двама надзиратели. Попита ги какво се е случило. Престориха се, че не знаят. Попитайте сержант Албрехтс – казаха. Крайниците му бяха ледени, пулсът – много слаб. Фелисити го уви в одеяла, сложи му и бутилки с гореща вода. Поставих му инжекция, а по-късно го нахраних през сондата с глюкоза и мляко.

Албрехтс твърди, че е било чисто и просто случай на неподчинение. Майкълс отказал да участва в предвидените занимания. Наказанието му било да прави физически упражнения: клекове и скокове. След шестото повторение припаднал и не дошъл в съзнание.

– А какво отказа да прави? – попитах.

– Да пее – отвърна той.

– Да пее ли? Той не е наред с главата, човече. Не може да говори като хората, камо ли да пее!

Сержантът вдигна рамене.

– От опит глава не боли – каза.

– И как може да го наказвате с физически упражнения? Крехък е като новородено, не виждате ли?

– Така е по правилник – отвърна той.

*

Майкълс отново е в съзнание. Първата му работа беше да измъкне сондата от носа си. Фелисити влязла прекалено късно, за да го спре. Сега лежи до вратата, затрупан с одеяла, изглежда като мъртвец и отказва да яде. С кльощавата си ръка бута биберона.

– Не ям такава храна – казва той.

– Каква храна ядеш, да те вземат дяволите? – питам го. – И защо се държиш така с нас? Не виждаш ли, че се опитваме да ти помогнем?

Спокойното безразличие, с което ме гледа, за малко да ме изкара от кожата ми.

– Всеки ден стотици хора умират от глад, а ти не щеш да ядеш! Защо? Да не би да стачкуваш? Гладна стачка ли е това? Срещу какво протестираш? Искаш си свободата? Ако те пуснем, ако те оставим на улицата в твоето състояние, ще умреш за двайсет и четири часа. Не можеш да се грижиш за себе си, не знаеш как. Двамата с Фелисити сме единствените на този свят, които полагаме някакво усилие да ти помогнем. Не защото си специален, а защото това ни е работата. Защо не ни съдействаш и ти?

Скандалът предизвика голям смут в отделението. Всички слушаха. Момчето със съмнение за менингит (което вчера хванах да бърка под полата на Фелисити) беше коленичило в леглото си и проточваше врат, за да види какво става, а на лицето му се бе изписала широка усмивка. Фелисити от своя страна не се и преструваше, че бръска с метлата.

– Никога не съм се молил за специално лечение – изграчи Майкълс. Обърнах му гръб и излязох от стаята.

Никога не си искал нищо и въпреки това висиш на шията ми като воденичен камък. Кокалестите ти ръце са се сключили около главата ми, едва ходя, приведен под товара ти.

По-късно, когато покоят в отделението се възстанови, аз се върнах и седнах до леглото ти. Дълго чаках. Най-накрая отвори очите си и каза:

– Няма да умра. Просто не мога да ям храната тук, това е. Не мога да ям лагерна храна.

– Защо не го извадиш от списъка – притискам Ноел. – Ще го заведа при портала довечера, ще му сложа няколко ранда в джоба и ще го изхвърля навън. Нека сам се грижи за себе си като толкова иска. Ще го зачеркнеш, а аз ще напиша вместо теб рапорта. „Причина за смъртта: пневмония, причинена от системно недохранване, предшествало постъпването в лагера." Ще го зачеркнем от списъка, след което няма да ни се налага повече да го мислим.

– Озадачен съм от интереса ти към него – възкликна Ноел. – Не ме карай да фалшифицирам документи, няма да го направя. Ако ще умира, ако ще умира от глад, остави го да умре. Това е положението.

– Не е въпросът в умирането – казах. – Той не желае да умира. Просто не харесва храната. Никак не я харесва. Дори отказва и бебешката. Може би яде единствено хляба на свободата.

И двамата замълчахме неловко.

– Може би ти и аз също не бихме харесали лагерната храна – продължих да упорствам.

– Видя го, когато го доведоха – отвърна Ноел. – Дори тогава приличаше на скелет. Сам си е живял в онази ферма, бил е свободен като птица, хранел се е с хляба на свободата и въпреки това се появи тук като скелет. Сякаш идваше от Дахау.

– Може би просто е много слаб по природа – казах аз.

*

В отделението беше тъмно; Фелисити спеше в стаята си. Приведох се над леглото на Майкълс с фенерче в ръка и го раздрусах, докато се събуди и закри очи. Шептях толкова ниско над лицето му, че усещах миризмата на пушек, която необяснимо защо продължаваше да се излъчва от него, въпреки че се миеше.

– Майкълс, трябва да ти кажа нещо. Ако не се храниш, наистина ще умреш. Това е положението. Няма да е веднага, няма да стане лесно, но накрая със сигурност ще умреш. А аз няма да направя нищо, за да те спра. Би било по-лесно да те вържа за леглото, да ти застопоря главата, да напъхам в гърлото ти сонда и да те нахраня, но няма да го сторя. Ще се държа с теб като със свободен човек, а не като с дете или животно. Ако искаш да захвърлиш живота си, нека бъде така – това си е твоят живот, не моят.

Майкълс махна ръка от очите си и се прокашля издълбоко. Канеше се да каже нещо, но изведнъж поклати глава и се усмихна. На светлината на фенерчето усмивката му беше отблъскваща, озъбена като акула.

– Каква храна искаш? – попитах го. – Каква храна си готов да ядеш?

Като бавно протегна ръката си, той бутна фенерчето настрана. После се обърна и заспа.

*

Тренировъчният период за септемврийския ни випуск приключи и тази сутрин дългата колона босоноги мъже, предвождани от барабанчик и пазени по фланговете от въоръжена охрана, поеха с маршова стъпка по дванайсеткилометровия път към гарата, за да бъдат разпратени из страната. В лагера остават шестима, обявени за неподатливи на превъзпитание и държани под ключ, които чакат да бъдат натоварени в кораб за Мълдерсрѐс, плюс още трима, които са в лазарета, защото са неспособни да се движат. Майкълс е един от тях. Нищо не е сложил в уста, откакто отказа да го храним със сонда.

Въздухът е наситен с миризма на карбол и приятно спокойствие. Леко ми е и почти съм щастлив. Такова ли ще е усещането, когато войната свърши и затворят лагера? (Или пък може би няма да го затворят дори тогава, защото винаги има нужда от лагери с високи стени.) Всички, с изключение на дежурните, са в отпуск до края на седмицата. В понеделник се очаква да пристигне ноемврийската смяна. Железниците обаче са в толкова лошо състояние, че можем да планираме само ден за ден. Миналата седмица имаше нападение над Де Аар и гарата е значително пострадала. Нищо не съобщиха в новините, но Ноел го е чул от сигурен източник.

*

Днес купих от някакъв амбулантен търговец на плодове и зеленчуци на Мейн роуд сърцевината на американска тиква – нарязах я на тънки филийки, които опекох в тостера.

– Не е истинска нашенска тиква – обясних на Майкълс, докато подлагах зад гърба му възглавници, – но на вкус е почти същата.

Отхапа едно парченце и започна да го премята из устата си.

– Харесва ли ти? – попитах. Кимна утвърдително. Бях поръсил филийките със захар, но не можах да намеря канела. След малко излязох от стаята, за да не го смущавам. Когато се върнах, го намерих да лежи, а чинията беше празна. Предполагам, че следващия път, когато Фелисити мете, ще открие печения плод под леглото, нападнат от мравки. Жалко.

– Какво би те накарало да се храниш? – попитах го по-късно.

Дълго време не последва отговор и аз реших, че отново е заспал. В този момент обаче той се прокашля.

– Преди никой не се интересуваше какво ям – отвърна. – Чудя се защо е това сега?

– Защото не искам да те видя как умираш от глад. Защото не искам никой тук да умира от глад.

Съмнявам се, че ме чу. Напуканите му устни продължаваха да се движат, сякаш се страхуваше, че ще изгуби потока на мислите си:

– Чудя се какво съм аз за този човек? Какво значение има за този човек дали ще живея, или ще умра?

– Задай си въпроса защо не застрелваме затворниците. Същото е.

Той поклати глава и най-ненадейно ме прикова с огромните си, тъмни като кладенци очи. Още нещо исках да му кажа, но не можех да говоря. Стори ми се безсмислено да споря с някого, който ме гледаше сякаш от гроба.

Дълго време стояхме втренчени един в друг. След това изведнъж се улових, че говоря, или по-скоро шептя. Докато говорех, си помислих: поражението. Ето какво е усещането за поражение.

– И аз мога да ти задам същия въпрос – казах. – Същия като твоя: какво съм аз за този човек?

Още по-тихо зашепнах, а сърцето блъскаше в гърдите ми:

– Не съм те молил да идваш тук. Добре си бях преди да се появиш. Щастлив бях, доколкото човек може да е щастлив на такова място. Затова ти задавам същия въпрос: защо аз?

Той отново беше затворил очи. Гърлото ми бе пресъхнало. Излязох от стаята, отидох в банята, пих вода и дълго останах надвесен над умивалника, изпълнен със съжаление, замислен за неприятностите, които предстояха и за това, че не съм готов за тях. Върнах се при него с чаша вода.

– Щом искаш, не яж, но поне пий вода – казах. Помогнах му да се изправи и да отпие няколко глътки.

*

Скъпи Майкълс,

Отговорът е: защото искам да узная историята ти. Искам да разбера как така се е случило, че точно ти измежду всички си попаднал във войната, във война, в която нямаш място. Ти не си войник, Майкълс, ти си чучело, клоун, дървено човече. Каква работа имаш в този лагер? По никакъв начин не можем да те излекуваме от отмъстителната майка с пламтяща коса, която идва в сънищата ти. (Добре ли съм схванал тази част от историята? Така или иначе, по този начин я разбирам аз.) И в какво да те превърнем, като те излекуваме? В плетач на кошници? В косач на ливади? Ти си като малко насекомо, Майкълс, насекомо, чиято единствена защита срещу цялата вселена хищници е необичайната ти форма. Ти си като насекомо, което Бог знае как се е приземило насред огромна, гола, плоска, бетонна площадка. Бавно повдигаш крехките си крачка един по един и се придвижваш милиметър по милиметър в търсене на тревичка, с която да се слееш, но наоколо няма нищо. Защо въобще изпълзя от храстите, Майкълс? Там ти е било мястото. Трябваше цял живот да прекараш закътан в някой невзрачен шубрак, в тихия ъгъл на спокойната и усойна квартална градинка, и да вършиш онова, което насекомите вършат, за да оцелеят – да гризеш листенца, да се храниш с листни въшки и да пиеш роса. И – ако ми разрешиш да засегна един по-интимен въпрос – трябвало е много по-рано да се откъснеш от тая твоя майка, която ми се струва истинска убийца. Трябвало е да се прехвърлиш в друг храст – възможно най-далече от нейния – и да заживееш самостоятелно. Огромна грешка си допуснал, Майкълс, когато си я понесъл на гръб вън от горящия град, за да търсиш по-сигурно място в провинцията. Защото, когато си помисля как си я носил, как си пъшкал под тежестта ѝ, как си се задушавал от пушека, как си избягвал куршумите и си извършвал ред други подвизи на синовна почит, каквито несъмнено си извършвал, не мога да не си представя и нея самата, възседнала раменете ти, изгризваща мозъка ти, мятаща триумфални погледи, самото въплъщение на великата Майка Смърт. А сега, когато си е отишла, ти кроиш планове да я последваш. Чудя се какво виждаш, Майкълс, когато отваряш очите си толкова широко – защото със сигурност виждаш не мен, виждаш не белите стени и празните легла в лазарета, виждаш не Фелисити и снежнобелия ѝ тюрбан. Какво виждаш? Майка ти с ореол от пламтяща коса, която се хили насреща ти и те вика със свит кокалест показалец да минеш през завесата от светлина и да отидеш при нея в отвъдното? С това ли се обяснява безразличието ти към живота?

Другото, което бих искал да узная, е с какво си се прехранвал в пустошта, та всяка храна сега ти се струва безвкусна. Единствената, която си споменавал, е тиквата. Винаги носиш със себе си тиквени семки. Нима в Кару познават само тиквите? Трябва ли да ти повярвам, че си преживял цяла година само с тиква? Човешкото тяло не би издържало подобно нещо, Майкълс. С какво друго се хранеше? Ловуваше ли? Направи ли си лък и стрели, за да ловуваш? Ядеше ли корени и горски плодове? Ядеше ли скакалци? В документите ти пише, че си бил *opgaarder*, пазач на склад, но не се казва какво точно си пазил. Манна небесна? Да не би да е ти е падала от небето, а ти да си я събирал в консервни кутии и да си я заравял под земята, за да могат приятелите ти да се нахранят, когато те навестяват нощем? Затова ли не ядеш лагерна храна – защото си се разглезил завинаги с вкуса на манната?

Трябвало е по-добре да се скриеш, Майкълс. Прекалено небрежно си се отнесъл към себе си. Трябвало е да изпълзиш в най-тъмния ъгъл на най-непрогледната дупка и да чакаш търпеливо, докато неприятностите отминат. Да не би да си мислеше, че си невидим дух, гост от друга планета, създание, за което не важат държавните и общочовешки закони? Е, сега законите те държат в здрава хватка: приковали са те за едно легло под главната трибуна на стария хиподрум в Кенълуърт и ще те размажат в прахта, ако се наложи. Законите са изработени от желязо, Майкълс. Надявам се да си научил това. Колкото и да измършавяваш, те няма да отслабят хватката си. Няма място под слънцето за свободните души, освен може би в Антарктика или в открито море.

Ако не направиш компромис, ще умреш, Майкълс. И не си мисли, че можеш просто така да чезнеш ден след ден, да се превръщаш в ефирна материя, докато най-накрая останеш само душа и отлетиш в небесата. Смъртта, която си си избрал, е изпълнена с болка, страдание, срам и съжаление и ще има много дни да теглиш, преди да дойде спасението. Ти ще умреш, а с теб завинаги ще умре и твоята история, освен ако не се вземеш в ръце и не ме послушаш. Чуй ме, Майкълс! Аз съм единственият, който може да те спаси. Аз съм единственият, който вижда каква уникална душа си. Аз съм единственият, който го е грижа за теб. Само аз те възприемам не като лек случай за лагер с лек режим или тежък случай за лагер с тежък режим, а като човешка душа отвъд и над всякакви категории, благословена душа, ненакърнена от доктрини, недокосната от историята, душа, която пърха с криле в този душен саркофаг и нашепва нещо зад маската на клоуна. Ти си скъпоценен, Майкълс, по свой собствен начин; ти си последният от своя вид; същество от предишна епоха като коелакант* или като човек, говорещ езика яки**. Всички ние се препъваме на ръба и падаме в казана на историята, само ти, следвайки светлината си на слабоумен, си изчакал подходящия момент в сиропиталището (кой би помислил за сиропиталището като за скривалище?), за да се изплъзнеш от мира и войната, спотайвал си се в пустошта, където никой не би си помислил да търси, съумял си да живееш по старому, да се оставиш на течението на времето, да наблюдаваш

---

* Вид древна риба, за която дълго време се е смятало, че е изчезнала междинна форма, позната само от вкаменелости, до момента, в който през 1938 г. е идентифициран жив екземпляр. Б. пр.

** Език от уто-ацтекското семейство, чиито малобройни носители живеят на територията на Мексико. Б. пр.

смяната на сезоните и да не се опитваш да променяш хода на историята, досущ като песъчинка. Трябва високо да оценим това и да те почитаме, трябва да поставим дрехите ти в музей, дрехите, също и пакетчето с тиквени семки, а отдолу да сложим табелка; трябва да сложим паметна плоча на хиподрума, с която да възпоменаваме престоя ти тук. Само че това няма да се случи. Истината е, че ще загинеш никому неизвестен и ще те заровят в безименен гроб в ъгъла на хиподрума, тъй като вече и дума не може да става за транспортиране до гробището в Уолтмейд, след което никой освен мен няма да си спомня за тебе, ако не се съгласиш да отвориш най-сетне уста. Умолявам те, Майкълс: *съгласи се*!

Твой приятел

*

След вихрушка от слухове – най-сетне нещо определено за попълнението този месец. Основната група е задържана при Редерсбург и чака транспортиране. Що се отнася до групата от Източен Кейп, тя въобще няма да пристигне: временният лагер в Ъйтенахе вече не разполага с квалифициран персонал, който да разпредели затворниците в лагери с по-лек и по-тежък режим, затова всички задържани там се разпращат в строго охранявани лагери до следващо нареждане.

Поради това в лагера в Кенълуърт все още цари ваканционно настроение. За утре има планиран мач по крикет между отборите на лагерния персонал и на главното интендантство. Дейност кипи и насред пистата, където косят тревата и подготвят терена за крикет. Ноел е капитан на отбора. Казва, че от трийсет години не е играл. Не може да си намери бели панталони, които да му стават.

Може би ако продължват да взривяват железопътните линии и да осуетяват по този начин транспорта, от „горните етажи" ще забравят за нас и ще ни оставят да си играем зад стените на лагера в кротко забвение, докато войната свърши.

Ноел минава на проверка. В отделението има само двама затворници – Майкълс и човекът с мозъчно сътресение. Разговаряме за Майкълс съвсем тихо, макар че е заспал. Все още мога да го спася, ако използвам сонда, казвам на Ноел, но не искам да принуждавам някого да живее, при положение, че не желае. Правилникът е изцяло на моя страна: без хранене насила, без изкуствено удължаване на живота. (Също така: Да не се дава публичност на гладните стачки.)

– Още колко може да издържи? – попита Ноел.

– Може би две, може би три седмици – отговорих му.

– Поне краят му ще е лек – каза Ноел.

– Не – отвърнах, – краят ще е тежък и болезнен.

– Не можеш ли да му сложиш някаква инжекция? – каза той.

– Да ускоря края ли? – попитах.

– Не, нямах предвид това – поясни той. – Просто да го облекчиш.

Отказах. Не мога да поема такава отговорност, при положение, че все още има шанс Майкълс да промени мнението си. С това разговорът ни приключи.

Мачът по крикет се игра и ние загубихме. Топката хвърчеше по неравния терен, а играчите с бухалките подскачаха, за да не ги удари. Ноел, облечен в бял ездачески костюм с червени кантове, приличаше на дядо Коледа по зимно бельо. Удари топката единайсети поред и излезе от играта още след първия си удар.

– Къде си се учил да играеш крикет? – попитах го.

– В Муъриъсбърх през трийсетте, в едно училищно игрище по време на обедната почивка – отвърна.

Струва ми се, че той е най-свестният човек наоколо.

Празнуваме до късно през нощта след мача. Уговаряме се да играем реванш през февруари в Саймънстаун, ако все още сме тук.

*

Ноел е много обезверен. Чул е днес, че Ъйтенахе е било само началото, че разграничението между лагери за превъзпитание и концентрационни лагери ще отпадне. Ще затворят Бааърдскиърдерсбос, а другите три, включително Кенълуърт, ще бъдат превърнати в концентрационни. Изглежда превъзпитанието се оказва идеалистично начинание, претърпяло провал. Що се отнася до трудовите войски, те могат да бъдат захранвани от концентрационните лагери със същия успех. Ноел:

– Смятате да интернирате калени в боя войници тук, в Кенълуърт, насред жилищната зона, зад тухлени стени само с два реда бодлива тел и да ги охранявате с шепа старци, момчета и сърдечно болни?

Отговорът:

– Недостатъците на Кенълуърт са ни добре известни. Преди да отворим новия лагер, ще се извършат известни преустройства: ще се подсили осветлението и ще се издигнат наблюдателни кули.

Ноел ми доверява, че мисли за оставка: на шейсет години е, достатъчна част от живота си е посветил на службата; има овдовяла дъщеря, която го притиска да отиде да живее с нея в Гордънс Бей.

– Такъв железен лагер се управлява от железен мъж. Аз не съм подходящ за целта.

Не мога да не се съглася. Това, че не е от желязо, е най-голямата му добродетел.

*

Майкълс е изчезнал. Трябва да се е измъкнал през нощта. Фелисити забелязала, че леглото му е празно, когато дошла на работа сутринта, но не сигнализирала. („Реших, че е до тоалетната!“) Разбрах какво се е случило чак към десет. Сега, като се връщам назад, осъзнавам колко лесно е било това, или колко лесно би било за човек с нормално здраве. При почти празен лагер, с дежурни часови само на главния портал и на служебния вход. Без патрул и с неохраняван страничен вход. Отвътре нямаше кой да бяга, а едва ли някой отвън би се опитал да влезе с взлом. Е, забравихме за Майкълс. Сигурно се е измъкнал на пръсти, прескочил е стената – Бог знае как – и е избягал. Изглежда бодливата тел никъде не е прекъсната, но Майкълс е кожа и кости и би се проврял и през иглени уши.

Ноел се чуди какво да прави. Според процедурата, би следвало да докладва за бягството и оттук нататък да прехвърли отговорността на полицията. В този случай обаче ще има разследване и истината за безгрижната атмосфера в лагера несъмнено ще лъсне: половината персонал в еднодневен отпуск, преустановен патрул и пр. Другият вариант за Ноел беше да скалъпи смъртен акт и да приключи със случая на Майкълс. Опитвах се да тласна Ноел в тази посока.

– За Бога, сложи край на тази история с Майкълс веднъж завинаги – казах му. – Клетият идиот е избягал като болно куче, което иска да се свре в ъгъла и да угасне. Остави го, не го връщай обратно, за да умре под светлината на прожектора и сред непознати хора.

Ноел се усмихна.

– Усмихваш се – казах му, – но ти говоря истината: хора като Майкълс имат досег до неща, които аз и ти не разбираме. Слушат зова на всевишния всемилостив господар и се подчиняват. Не си ли чувал за слоновете? Майкълс не трябваше да попада в този лагер – продължих. – Това беше грешка. В действителност животът му е бил грешка от началото до края. Жестоко е да го кажа, но ще го сторя: човек като него не би трябвало да се ражда на този свят. Щеше да е по-добре, ако майка му тайно го беше удушила, виждайки що за създание е, и го беше изхвърлила в първата кофа за боклук. Поне сега го остави да си отиде в мир. Аз ще напиша смъртния акт, ти ще го преподпишеш, някой от чиновниците по „горните етажи“ ще го заведе под номер без да го погледне и с това ще се приключи историята на Майкълс.

– Облечен е с пижама на лагерник в цвят каки – възрази Ноел. – Полицията ще го залови, ще го питат откъде е, а той ще им каже, че идва от Кенълуърт, след което ще проверят, че няма докладвано бягство и ще настане истински ад.

– Не е облечен с пижама – отвърнах аз. – Все още не знам какво си е облякъл, но пижамата си е оставил. И не би си признал, че е от Кенълуърт, поради простата причина, че не иска да бъде върнат в Кенълуърт. Ще им разкаже някоя от другите си истории – например, че идва от Райската градина. Ще извади пакетчето с тиквени семки, ще го разклати, ще се усмихне по своя си начин, след което ще го пратят в първата лудница, ако лудниците все още са отворени. Ето това ще се случи с Майкълс, Ноел – мога да се закълна. Между другото, имаш ли представа колко тежи той? Трийсет и пет кила – само кожа и кости. Последните две седмици не е ял абсолютно нищо. Организмът му е изгубил способността си да смила нормална храна. Изумен съм, че е намерил сили да се изправи и да ходи; истинско чудо е, че е прескочил стената. Колко ли може да оцелее? Една нощ на открито и ще умре. Сърцето му ще спре.

– Като говорим за това – каза Ноел, – някой проверил ли е дали не лежи някъде отвън, дали в опита си да прескочи стената не е паднал от другата страна?

Изправих се.

– Защото последната реклама, която ни трябва – продължи той, – е тяло, лежащо извън лагера, накацано от мухи. Знам, че не е твоя работа, но ако искаш за всеки случай да провериш, направи го. Можеш да вземеш колата ми.

Не взех колата му, а обиколих лагера пеша. Около цялата ограда избуяваха бурени; откъм задната стена трябваше да се боря с израстнала до колената ми трева. Не видях нито тяло, нито скъсана бодлива тел. След половин час се върнах на мястото, откъдето тръгнах, леко изненадан колко малък може да бъде един лагер отвън, т.е. как за лагерниците вътре изглежда цяла вселена. Вместо да се прибера и да докладвам на Ноел, реших да се поразходя по Росмийд авеню под шарената сянка на дъбовете и да се насладя на спокойствието. Някакъв старец ме задмина с велосипед, който скърцаше при всяко завъртане на педалите. Вдигна ръка за поздрав. Хрумна ми, че ако продължа след него, по права линия надолу по авенюто, в два часа ще съм на плажа. Има ли някаква причина, попитах се, поради която редът и дисциплината да не се срутят днес вместо утре, следващия месец или следващата година? Какво ще принесе по-голяма полза на човечеството – да прекарам следобеда в инвентаризиране на диспансера или да отида на плажа, да си сваля дрехите, да се просна по гащи под лъчите на благотворното пролетно слънце, да гледам как децата лудуват във водата, по-късно да си купя сладолед от будката на паркинга, ако там все още има будка? Какво в крайна сметка постига Ноел като по цял ден се труди зад бюрото си и съпоставя броя на постъпилите и броя на уволнените? Не е ли по-добре, ако вместо това си подремва? Може би сумата на световното щастие ще набъбне, ако обявим този следобед за празничен и всички отидем на плажа – коменданта, доктора, свещеника, инструкторите по физическа тренировка, охраната, хората, които се грижат за кучетата, всички, плюс шестимата затворници на тежък режим, и оставим пациента с мозъчното сътресение да хвърля по едно око на лагера. Може би ще срещнем момичета на плажа. Защо въобще водим война, ако не за да увеличаваме сумата на щастието във вселената? Или може би не съм разбрал както трябва, може би си мисля за някоя друга война?

– Майкълс не лежи отвъд стената – докладвах аз. – Нито пък е с дрехи, които могат да ни инкриминират. Облякъл си е турскосин работен гащиризон, на гърба и на гърдите на който е щампован надпис ДЪРВОСЕКАЧИ – висеше на един пирон в тоалетните на централната трибуна Бог знае откога. Така че съвсем спокойно можем да го зачеркнем.

Ноел изглеждаше уморен – стар и уморен човек.

– Също така – продължих, – би ли ми припомнил защо се сражаваме в тази война? Едно време ми обясниха, но беше много отдавна и изглежда съм забравил.

– Сражаваме се в тази война – каза Ноел, – защото искаме малцинствата да имат глас в определянето на съдбата си.

Разменихме си празни погледи. В каквото и настроение да бях, не можех да го споделя с него.

– Дай ми смъртния акт, който обеща – каза той. – Не попълвай датата, остави празно място.

Вечерта, докато се подпирах на бюрото на медицинската сестра, тъй като нямах какво да правя, отделението тънеше в мрак, югоизточният вятър подухваше отвън, а пациентът с мозъчно сътресение спокойно дишаше, изведнъж със страшна сила ме озари мисълта, че пропилявам живота си, че го пропилявам като ден след ден живея в очакване, вследствие на което съм се превърнал в затворник на тази война. Излязох навън и застанах на празната писта – вперих поглед в пометеното от вятъра небе с надеждата, че духът на безпокойство ще премине и ще се възцари старото спокойствие. Военното време е време на очакване, каза веднъж Ноел. Какво друго да правиш в лагер, освен да чакаш, да се оставиш на жизнените си функции, да изпълняваш задълженията си, през цялото време да се вслушваш в жуженето на войната отвъд стените, да се ослушваш дали жуженето няма да отслабне? Все пак не можех да не се питам дали Фелисити, да вземем за пример Фелисити, има усещането, че е в безвъздушно пространство, жива, но не съвсем, докато историята се чуди в коя посока да поеме. Фелисити, ако съдя по онова, което сме си говорили, възприемаше историята като катехизис за деца. („Кога е открита Южна Африка?“ – „През 1652.“ „Къде е най-голямата дупка в света, изкопана от човешка ръка?“ – „В Кимбърли.“) Съмнявам се, че Фелисити си представя теченията на времето, които се въртят и завихрят навсякъде около нас, на бойното поле и във военните щабове, във фабриките и по улиците, в заседателните зали и в кабинетите, най-напред мрачни и навъсени, но въпреки това забързани към оня миг на пречистването и трансформацията, в който хаосът се превръща в ред, а историята манифестира своя победоносен замисъл. Освен ако не греша, Фелисити не схваща себе си като изгнаник, потънал в някоя от въздушните ями на времето, времето на очакването, лагерното време, военното време. За нея времето е изпълнено, пълноценно, както винаги е било, дори времето за пране на чаршафи, времето за премитане на пода; докато за мен, обърнал едното ухо към баналното лагерно битие, а другото към свръхчувствителните жироскопи на Великия проект, времето се е изпразнило. (Или пък може би подценявам Фелисити?) Дори пациентът с мозъчно сътресение, изцяло обърнат навътре към себе си, погълнат от процеса на бавното си чезнене, живее в умирането си по-интензивно, отколкото живея аз.

Въпреки неприятностите, които това може да ни навлече, улавям се как мечтая на портала да се появи полицай, сграбчил Майкълс за врата като парцалена кукла, който да каже: „Трябва по-внимателно да следите тези копелета!“, след което да го остави и да си тръгне. Майкълс – с неговата фантазия да превърне пустинята в цъфтяща градина с тикви – е още един от онези твърде заети, твърде глупави, твърде погълнати от собствения си свят, за да се заслушат в колелото на историята.

*

Тази сутрин без предупреждение пристигна конвой камиони, които докараха четиристотин нови затворници – групата, задържана най-напред една седмица в Реденбург, след което и по линията на север от Бофор Уест. През цялото време, докато тук играехме игри, развличахме се с момичета и философствахме за живота, смъртта и историята, тези мъже са чакали в конски вагони, отклонени в глухи коловози под ноемврийското слънце, спали са един върху друг в студените планински нощи, излизали са под строй два пъти дневно, за да облекчат нуждите си, хранели са се единствено с каша, сварена на огньовете, стъкнати от трънливи храсти край релсите, наблюдавали са как по-спешни от тях товарни превози профучават, докато паяците обвиват в паяжини колелата на техния дом. Ноел твърди, че щял категорично да откаже новото попълнение, тъй като бил упълномощен да го направи под претекст, че тук режимът е прекалено лек, но в мига, в който вижда затворниците, изтощението и безпомощността им, разбира, че ако създаде проблеми, директно ще ги върнат обратно на гарата, ще ги натоварят в същите вагони, с които са пристигнали и ще ги оставят да чакат, додето някой някъде по високите етажи на невъобразимата бюрокрация не се размърда, или просто докато умрат. И така, всички ние се залавяме за работа и работим цял ден без почивка, за да ги приемем: да ги обезпаразитим и да изгорим старите им дрехи, да ги облечем в лагерните униформи, да ги нахраним и приспим, да отделим болните от изгладнелите до смърт. Отделението и пристройката му отново се пукат по шевовете; някои от новите пациенти са не по-малко крехки от Майкълс, който, струва ми се, бе достигнал до състояние на живот в смъртта или на смърт в живота, доколкото това е в границите на човешките възможности. Като цяло може да се каже, че отново сме в играта и съвсем скоро ще започнат упражнения по вдигане на знамето и по възпитателно пеене, което да нарушава спокойствието на летните следобеди.

Най-малко двайсет души умрели по пътя – казаха ни затворниците. Погребали ги в безименни гробове в полето. Ноел провери документите. Оказаха се прясно издадени тази сутрин в Кейптаун и отразяваха само броя на новодошлите.

– Защо не изискаш документите, с които са ги натоварили? – попитах го.

– Ще бъде загуба на време – отвърна той. – Ще ми кажат, че още не са пристигнали. А истината е, че никога няма да пристигнат. Освен това, кой е казал, че двайсет от четиристотин е неприемлив процент? Хора умират, умират през цялото време, такава е човешката природа и нищо не може да се направи.

Пламват дизентерия и хепатит, разбира се и глисти. С Фелисити просто не можем да се справим. Ноел се съгласява да назначим двама от затворниците за санитари.

Междувременно плановете за превръщането на Кенълуърт в концентрационен лагер напредват. Преустройването трябва да приключи до първи март. Предстоят големи промени, включително разрушаване на централната трибуна, с цел на нейно място да се разположат бунгала, които да приютят още петстотин затворници. Ноел телефонира, за да оспори краткостта на предизвестието, но му се казва следното:

– Успокойте се. За всичко ще се погрижим. Помогнете ни като накарате хората си да изчистят терена. Ако има трева – изгорете я. Ако има камъни – отстранете ги. Всеки камък хвърля сянка. Успех. Нали знаете, че *'n boer maak 'n plan**.

Подозирам, че Ноел пие повече от обикновено. Може би сега е подходящ момент и за него, и за мен да напуснем крепостта – защото тъкмо в това ще се превърне Полуострова, да оставим затворници да охраняват затворниците,

---

* При бурите всичко е по план. (африканс) Б. пр.

болни да лекуват болните. Може би ние двамата трябва да се поучим от Майкълс и да се отправим към някоя от по-спокойните части на страната, например към затънтените краища на Кару, и да се заселим там – двама джентълмени-дезертьори със скромни средства и сурови навици. Най-трудното ще е да стигнем далече колкото Майкълс, без да ни заловят. Може би на първо време трябва да изхвърлим униформите си, да оставим мръсотия под ноктите си, да се движим приведени към земята, макар че се съмнявам някога да изглеждаме така неразличими като Майкълс, или поне както Майкълс е изглеждал преди да се превърне в скелет. С него винаги ми се е струвало, че някой е загребал шепа пръст, плюл е в нея и я е приплеснал във формата на първобитен човек, като е допуснал една-две грешки (устата и – без съмнение – съдържанието на главата), пропуснал е две-три подробности (полът), но въпреки това в крайна сметка се е получил истински малък глинен човек като онова човече от примитивното изкуство, което се появява на бял свят между дундестите бедра на своята майка-кърмилница, с извити пръсти и превит гръб, пригодено да прекара дните си в копаене на дупки, създание, цял живот забило нос в пръстта, което в последния си земен час изкопава собствения си гроб, кротко се пъха вътре, придърпва над главата си тежката пръст като одеяло, пуска една последна усмивка, обръща се на другата страна и заспива вечния си сън, най-сетне у дома си, докато някъде далече, незабележимо, колелото на историята продължава да проскърцва. Коя държавна институция би назначила подобни същества за свои служители и каква би била ползата от тях, освен да пренасят папки и да измират с купища? Държавата живее на гърба на такива землекопачи като Майкълс; поглъща плодовете на техния труд и в отплата се изсира върху им. Но когато държавата е ударила клеймото на Майкълс, когато го е номерирала и погълнала, всъщност си е загубила времето. Защото червата на държавата не са могли да го смелят и той е излязъл от лагерите цял и непокътнат, както е излязъл от училищата и сиропиталищата.

Докато аз, например, ако в някоя тъмна нощ се измъкна по работен комбинезон и тенис-обувки и се изкатеря по стената (прережа бодливата тел, защото не съм от въздух) – още първият патрул ще ме спре, докато се двоумя кой път води към спасението ми. Истината е, че единственият шанс, който съм имал, беше пропилян, и то пропилян преди да разбера. В нощта, в която Майкълс избяга, трябваше да го последвам. Напразни са оправданията, че не съм бил готов. Ако бях приемал Майкълс сериозно, щях да бъда готов във всеки момент. Щях винаги да имам под ръка вързоп с два ката дрехи, портфейл с пари, кибрит, пакет бисквити и консерва със сардини. Никога нямаше да изпускам Майкълс от погледа си. Заспеше ли, щях да си лягам на прага; събудеше ли се, щях да го наблюдавам. А когато тръгнеше да бяга, щях да се измъкна след него. Да се прокрадна в сенките по следите му, да прескоча стената в най-тъмния ѝ ъгъл и да тръгна подире му, под звездите, по авенюто с дъбовете, да вървя на разстояние, да спирам, когато той спре, за да не се налага да се пита „Кой е този зад мен? Какво иска?“, или дори да побегне, в случай че ме помисли за полицай, за цивилен полицай с работен гащиризон и кецове, който носи вързоп с оръжие на гърба си. Щях цяла нощ да вървя по дирите му из страничните улички, докато на разсъмване се озовем в покрайнините на Кейп Флетс, щяхме да газим пясъците и храсталаците на петдесет крачки един от друг, да избягваме пръснатите на гроздове колиби, от които къдрав пушек бавно се катери към небето. И тук, на дневна светлина, ти най-сетне щеше да се обърнеш и да ме погледнеш, мен, аптекарят, временно станал военен лекар, станал твоя сянка, който преди да получи просветление ти нареждаше кога да заспиваш и кога да се събуждаш, който пъхаше сонди в носа ти и таблетки в гърлото ти, който в твое присъствие ти се подиграваше и най-вече – който безмилостно те насилваше да ядеш храна, която не можеш да ядеш. Изпълнен с подозрение, дори с гняв, щеше да ме чакаш на пътеката да се приближа и да ти дам обяснение.

А аз щях да застана пред теб и да заговоря. Щях да ти кажа: „Майкълс, прости ми, че се държах така с теб, че до последния ден не оцених що за човек си. Прости ми и че тръгнах след теб. Обещавам да не съм ти в тежест. („Да не съм в тежест като майка ти?“ Това вероятно би било неуместно.) Не те моля да се грижиш за мен, например да ме храниш. Нуждата ми е съвсем проста. Макар тази страна да е огромна, толкова огромна, че уж има място за всеки, от опит знам, че е трудно да се оцелее извън лагерите. Въпреки това съм убеден, че съществуват територии между лагерите, които не им принадлежат и дори не влизат в прилежащите им райони – някои планински върхове например, някои островчета сред блатата или пък безплодни терени, в които хората смятат, че не си струва да се живее. Търся такова място, в което да уседна – може би докато ситуацията се промени, а може би завинаги. Не съм такъв глупак обаче да разчитам на карти и указателни табели. Затова избрах теб, ти да ми посочиш пътя.“

Тогава щях да се приближа, да дойда съвсем близо до теб, така че да ми срещнеш погледа. „От мига, в който се появи, Майкълс“ – щях да ти кажа, ако бях получил просветление, за да те последвам, – „разбрах, че не можеш да се впишеш в който и да било лагер. В началото, признавам си, те помислих за някакво чучело. Наистина, подтикнах майор Ван Ренсбург да те освободи от лагерния режим, но само защото прецених, че подлагането ти на рехабилитация би било като да обучаваш плъх или мишка, или (смея ли да го изрека?) гущер да лае, да се моли и да хваща топка. С течение на времето обаче бавно започнах да проумявам уникалния ти начин на съпротива. Ти не беше герой, нито пък претендираше да си такъв, дори когато гладуваше. В действителност не оказваше никаква съпротива. Скачаше, когато те карахме да скачаш. При повторна команда – скачаше отново. Ако ти заповядахме да скочиш трети път обаче, ти не реагираше, а просто се строполяваше на земята; всички разбирахме, дори и онези, които не желаеха да разберат, че се проваляш, защото си се изтощил да ни се подчиняваш. Тогава те вдигахме, осъзнавайки, че тежиш не повече от торба перушина, слагахме те пред чинията с храна и ти казвахме: яж, за да възвърнеш силите си, които отново да изгубиш в подчинение. А ти не отказваше. Искрено се опитваше да постъпиш така, както ти е наредено. Смиряваше волята си (извини ме, че правя тези разграничения, но това е единственият начин да ти дам обяснение), смиряваше волята си, но тялото ти продължаваше да се съпротивлява. Ето така разбирах нещата. Тялото ти отказваше храната, която ти давахме, при което ти стана още по-слаб. *Защо?* Не спирах да се питам: защо този човек не се храни, при положение, че умира от глад? И тогава, като те наблюдавах ден след ден, постепенно започнах да проумявам истината: тайно, тайно от съзнателното си аз (прости ми за израза) ти копнееше за различен вид храна, храна, която никой лагер не можеше да ти осигури. Волята ти се огъна, но тялото ти копнееше да бъде нахранено със собствена храна – нищо повече. Учил съм, че вътрешното противоречие е непривично за тялото. Че тялото само иска да живее. Самоубийството, доколкото съм схващал, не е жест на тялото, насочен срещу самото него, а на волята срещу тялото. Но въпреки това, в твоя случай съзирах тяло, което е готово по-скоро да умре, отколкото да промени природата си. Прекарвах часове на прага на отделението, наблюдавах те и се опитвах да разгадая загадката. Нямаше принцип, нямаше идея, която да стои зад твоето саморазрушаване. Не искаше да умреш, а умираше. Беше като зайче, зашито в трупа на вол, което без съмнение се задушава, но и умира от глад, и въпреки това не хапва от месищата, с които е заобиколено, просто защото иска истинската си храна.“

Тук вероятно щях да прекъсна монолога си в Кейп Флетс, защото отнякъде, недалеч зад нас, щеше да долети кашлянето, давенето, плюенето на някакъв мъж, но трескавият ми поглед щеше да остане прикован в теб, в мястото, на което стоиш.

„Аз съм единственият, който видя, че си повече от онова, което изглеждаш“ – щях да продължа. – „Тъй като упоритото ти „не“ ден след ден добиваше плътност, постепенно започнах да усещам, че си нещо повече от пациент, повече от пострадал от войната, повече от поредната тухла в жертвената пирамида, която в крайна сметка някой ще изкачи и ще възседне, след което ще изреве отгоре, удряйки се в гърдите, и ще се провъзгласи за император на всички под себе си. Ти лежеше в леглото си до прозореца под светлината на дежурната лампа със затворени очи, може би заспал. Аз стоях на прага с притаен дъх, вслушвах се в стенанията, във всяко помръдване на останалите спящи и чаках; у мен нарастваше усещането, че сред всички легла има едно, около което въздухът се сгъстява, мракът се концентрира, черното се завихря, свисти в застиналата над тялото ти тишина и те посочва само с лекото помръдване на чаршафите. Разтрисах глава като човек, който иска да се отърси от съня си, но чувството не ме напускаше. Това не е плод на въображението ми, казвах си. Това усещане за натрупващ се смисъл не е просто лъч, с който осветявам това или онова легло, или робата, с която загръщам този или онзи пациент според собствения си каприз. Майкълс носи някакъв смисъл и то не само за мен самия. Ако беше така, ако този смисъл се основаваше единствено на някаква липса у мен, липса, да речем, на нещо, в което да вярвам, при положение, че всички знаем колко трудно е да заситиш глада си за вяра с представата за бъдещето, която войната, да не говорим за лагерите, ни предлага, ако вкопчването ми в Майкълс и неговата история бе просто копнеж по здрав смисъл, ако самият Майкълс не беше нищо повече от това, което изглеждаше да е (което изглеждаш да си) – мъж, кожа и кости, със смачкана устна (извини ме, просто назовавам очевидното), то тогава щях да имам всички основания да се оттегля в тоалетните зад бившите жокейски съблекални, да се заключа в последната кабинка и да си тегля куршума. И все пак – кога съм бил по-откровен, отколкото съм тази нощ?“

Застанал на прага, обръщах най-суровия си поглед навътре към себе си и с последното си познато средство се опитвах да открия зародиша на заблудата в сърцевината на убеждението – желанието, например, да съм единственият, за когото лагерът не е просто бившият хиподрум Кенълуърт със сглобяемите бунгала, пръснати наоколо, а привилегировано място, откъдето смисълът на живота изригва към света. Но ако зародишът на заблудата се таи в мен, той няма да надигне глава, а след като не желае, аз какво да направя, за да променя това? (Така или иначе дълбоко се съмнявам, че някой би могъл да разграничи критичното си „аз“ от криещото се „аз“ и да ги възправи едно срещу друго като котка и мишка; но нека отложим този разговор за по-добри времена, когато не трябва да бягаме от полицията.) И аз отново отправях погледа си навън, и – да, истина беше, не се заблуждавах, не се ласкаех, не се утешавах, всичко бе както преди и беше истина: мракът се натрупваше и сгъстяваше само над едно легло – твоето.

Мисля си, че до този момент ти вече щеше да си ми обърнал гръб и щеше да си поел по пътя си, да си изгубил нишката на разказа ми и във всеки случай щеше да бързаш да увеличиш разстоянието между себе си и лагера. Или може би до този момент тълпа дечурлига от колибите, някои от които по пижами, щяха да са се скупчили около нас, привлечени от гласа ми, и да слушат със зяпнали уста надутите ми речи, от което още повече да се притесниш. Затова щях да побързам след теб, да вървя плътно по петите ти, за да не се налага да крещя. „Прости ми, Майкълс – щях да ти кажа, – няма да ти отнемам още много време, моля те, бъди търпелив. Искам само да ти обясня какво означаваш за мен, след което ще те оставя.“

Подозирам, че поради природата си точно на това място ти щеше да хукнеш да бягаш. И аз трябваше да хукна подире ти, да газя из гъстия сив пясък като във вода, да се изплъзвам от удрящите ме клони и да крещя: „Престоят ти в лагера беше просто една алегория, ако знаеш тази дума. Една алегория – казано на сложен език – за това как възмутително, как безобразно даден смисъл може да се внедри в дадена система, без да се превърне в неин термин. Забелязал ли си как всеки път, когато се опитвах да те прикова, ти се измъкваше? Аз го забелязах. Знаеш ли какво ми мина през ума, когато видях, че си прескочил стената без да срежеш бодливата тел? „Трябва да е шампион на висок скок“ – ето това си помислих. Е, може и да не си шампион на висок скок, Майкълс, но си велик майстор на бягствата, един от най-великите бегълци. Шапка ти свалям!“

В този момент, заради тичането и обясненията, вече щях да съм се задъхал и дори шеше да е вероятно ти да си увеличил преднината. „И сега последно, няколко думи за градината ти“ – щях да промълвя, останал без дъх. „Нека ти обясня значението на свещената и блазнеща градина, която цъфти в сърцето на пустинята и ражда храната на живота. Градината, към която сега си се запътил, е никъде и навсякъде, освен в лагерите. Тя е другото име на единственото място, на което принадлежиш, Майкълс, където не се чувстваш бездомен. Няма я на никоя карта, никой път не води към нея и само ти знаеш как да я стигнеш.“

Дали щях да си въобразя, или наистина в този миг ти щеше да напрегнеш целия си запас от сили, при което и за най-скромния наблюдател щеше да е ясно, че се опитваш да избягаш от мъжа, който крещи зад теб, от мъжа в синьо, който прилича на преследвач, на луд, на озверяло куче, на полицай. Стъписващо ли щеше да е, ако хлапетата, препускали зад нас за развлечение, изведнъж минеха на твоя страна и почнеха да ме тормозят от всички страни, да ми се нахвърлят, да ме замерят с пръчки и камъни, така че да ме принудят да спра и да ги отблъсквам от себе си, за да изкрещя последните си думи към теб, докато ти вече си нагазил навътре в гъсто преплетените храсталаци и бягаш много по-бързо, отколкото се предполага за човек, който не е ял от толкова време. „Прав ли съм?“ – щях изкрещя. „Разбрал ли съм те? Ако съм прав, вдигни дясната си ръка, ако греша, вдигни лявата!“

III

С КРАКА, ОТМАЛЕЛИ ОТ ДЪЛГОТО ХОДЕНЕ, ПРИСВИЛ ОЧИ СРЕЩУ бляскавото утринно слънце, Майкъл К седеше на една пейка до миниатюрното голф-игрище на крайбрежната улица в Сий Пойнт, гледаше морето, почиваше, събираше сили. Не се усещаше и полъх на вятър. К чуваше плясъка на вълните, разбиващи се долу в скалите, и съскъка на оттеглящата се вода. Едно куче се спря да подуши обувките му, след което вдигна крак и опика пейката. Три момичета с шорти и фланелки минаха тичешком лакът до лакът, прошепнаха си нещо и оставиха след себе си сладко ухание във въздуха. Откъм Бийч роуд долетя подрънкването на камбанката на сладоледаджията – най-напред се усили, после утихна. Успокоен, в познатата си среда, благодарен на топлия ден, К въздъхна и бавно отпусна глава настрани. Сам не знаеше дали е поспал, или не, но когато отвори очи, почувства се достатъчно отпочинал, за да продължи. Имаше повече заковани прозорци по Бийч роуд в сравнение с онова, което си спомняше – особено тези на нивото на улицата. Все същите коли бяха паркирани на все същите места, макар че сега бяха покрити с повече ръжда; изгоряло шаси без колела лежеше на една страна, подпряно на дигата. К пое по променадата със съзнанието, че е гол под работния комбинезон и че сред всички минувачи той единствен е без обувки. Но ако въобще събираше погледите на хората, то се дължеше на лицето, а не на краката му.

Стигна до полянка с опърлена трева, където сред натрошените стъкла и овъглени боклуци свежи зелени стръкове пробиваха земята. Едно момченце се изкачваше по почернелите стъпенки на катерушка; ходилата и дланите му бяха целите в сажди. К си проправи път през полянката, прекоси улицата и премина от слънчевия тротоар в сенчестия неосветен вход на „Кот д'Азур", където на стената прочете надпис, чиито завъртени букви, написани с черен спрей, гласяха ПРАВИЛАТА НА ДЖОУИ. Избра си място до отсрещната стена на коридора, тръгващ от вратата с предупредителната табела „Опасно за живота", където майка му някога бе живяла, и си помисли: всичко е наред, ще ме вземат за просяк. Сети се за изгубената си фуражка, която сега би могъл да сложи пред себе си, да събира милостиня и така да допълни картинката.

Чака часове наред. Никой не се появи. Реши да не става от мястото си и да не пробва вратата, защото не знаеше какво би направил, ако все пак се отвори. С напредването на следобеда, когато костите му започнаха да се сковават от студ, К излезе от сградата и тръгна към плажа. Заспа върху белия пясък, под топлото слънце.

Събуди се жаден и объркан, плувнал в пот под работния комбинезон. На плажа откри обществена тоалетна, но крановете не работеха. Тоалетните чинии бяха пълни с пясък; вятърът бе довял до отсрещната стена купчина пясъчни наноси, висока трийсетина сантиметра.

Докато К стоеше пред умивалника и се чудеше какво да прави оттук нататък, забеляза в огледалото, че трима души влизат след него. Една жена, с прилепнала бяла рокля, платинено руса перука и сребристи обувки с високи токчета в ръка, и двама мъже. По-високият от двамата отиде право при К и го хвана за ръката:

– Надявам се, че си си свършил работата – каза той и леко го плясна, или по-скоро го побутна. К падна в пясъка. По-високият мъж застана до вратата на тоалетната, без да го изпуска от поглед. Носеше кариран каскет, килнат на една страна.

По малкия плаж се виждаха тук-там хора, макар че във водата нямаше никой, освен една жена, здраво стъпила в плиткото със запретната пола и разкрачени крака, която люлееше напред-назад бебе, така че пръстчетата на краката му докосваха вълните. Бебето пищеше едновременно от ужас и възторг.

– Онази там е сестра ми – отбеляза мъжът до вратата, имайки предвид жената във водата. – А тази тук – посочи през рамо, – също ми е сестра. Много сестри имам. Голямо семейство.

Главата на К започна да пулсира. В копнеж да си има своя шапка или каскет, затвори очи.

Другият мъж се появи от тоалетната и се втурна нагоре по стълбите към крайбрежната улица, без да каже дума.

Крайчецът на слънцето докосна повърхността на пустото море. К си помисли: ще почакам, докато пясъкът изстине, след това ще реша къде да отида.

По-високият застана над него и го срита в ребрата с носа на обувката си. Зад него стояха двете му сестри – едната с бебето, привързано на гърба ѝ, а другата, вече гологлава, в ръце с обувките и перуката. Обувката на непознатия попадна в цепката на комбинезона и я разтвори, като разголи част от слабините на К.

– Гледайте, този мъж е гол! – изсмя се непознатият и се обърна към сестрите си. – Гол мъж! Кога за последно си ял, човече? – сръга К в ребрата. – Хей, дайте нещо на човека, че да се вдигне на крака!

Сестрата с бебето извади от чантата си бутилка вино, увита в амбалажна хартия. К седна и отпи.

– Та откъде си, човече? – попита непознатият. – За тия ли работиш? – посочи той с дългия си пръст комбинезона и златния надпис, избродиран на джоба.

К се канеше да отговори, когато – без предупреждение – стомахът му се сгърчи и виното се върна под формата на златиста струйка, която тутакси попи в пясъка. Свят му се зави и К затвори очи.

– Хей! – разсмя се непознатият и потупа К по гърба. – Така е, като пиеш на гладно. Чакай да ти кажа какво си помислих като те видях: „Този човек определено е недохранен. Определено има нужда здраво да си хапне!“ – и той помогна на К да се изправи. – Ела с нас, господин Дървосекачо, да те подкрепим с нещо, за да не си толкова слаб!

Заедно тръгнаха по крайбрежната улица, докато стигнаха до навеса на празна автобусна спирка. Непознатият извади от чантата си цял самун хляб и кутия кондензирано мляко. От задния си джоб измъкна плосък черен предмет и го размаха пред очите на К. Направи нещо с ръце и предметът се преобрази в нож. Като подсвирна удивено, той демонстрира на всички блестящото острие и започна да се смее, да се пляска по коляното и да сочи К. Бебето, което се кокореше през рамото на майка си, също се засмя и взе да размахва юмруче във въздуха.

Непознатият се освести, отряза дебел резен хляб, който украси с няколко колелца и финтифлюшки от кондензираното мляко, и го подаде на К. Пред погледите на всички К хапна.

Минаха покрай чешма, чийто кран прокапваше. К се наведе да пие. Пи толкова дълго, като че ли нямаше намерение да спре. Изглежда водата преминаваше директно през тялото му: наложи се да се оттегли в края на уличката и да клекне над канавката, след което обаче така му се зави свят, че мина много време преди да успее да вдигне презрамките на комбинезона.

Жилищният квартал остана зад гърба им и те тръгнаха да се изкачват по стръмните улички към Сигналния хълм. К, който вървеше на опашката, спря да си поеме дъх. Сестрата с бебето също спря.

– Тежко е! – отбеляза тя, като посочи бебето и се усмихна. К предложи да носи чантата ѝ, но тя не се съгласи. – Няма нищо, свикнала съм – каза му.

Промушиха се през пролука в оградата, която обикаляше бранището. Непознатият и другата сестра вървяха напред по пътека, криволичеща нагоре по хълма; долу, под тях, започваха да проблясват светлинките на Сий Пойнт; морето и небето се сливаха на хоризонта и се обагряха в пурпур.

Спряха в малка борова гора. Сестрата в бяло изчезна някъде в мрака. След няколко минути се върна, облечена с джинси, и донесе два издути найлонови чувала. Другата сестра разкопча блузата си и подаде гърдата си на бебето да суче; К не знаеше накъде да гледа. Мъжът просна одеяло на земята, запали свещ и я закрепи в консервна кутия. След това подреди вечерята им: самуна хляб, кондензираното мляко, цяла щафета салам („Злато!“ – каза той, като размаха щафетата пред очите на К. – „За това се плаща със злато!“) и три банана. Отвинти запушалката на виното и му я подаде. К отпи глътка и върна бутилката.

– Да ви се намира вода? – попита.

Мъжът поклати глава.

– Вино имаме, мляко имаме, даже два вида мляко – и той небрежно посочи жената с бебето, – но вода нямаме, приятелю, за съжаление, на това място вода няма. Утре ти обещавам. Утре ще бъде нов ден. Утре ще имаш всичко, от което се нуждаеш, за да станеш нов човек.

Позамаян от виното, опирайки се от време на време о земята, за да не залитне, К хапна хляб и кондензирано мляко, дори половин банан, но отказа да опита салама.

Непознатият заговори за живота в Сий Пойнт.

– Чудно ли ти се струва – каза той, – че нощуваме на хълма като скитници? Не сме скитници. Имаме храна, имаме пари, препитаваме се някак си. Знаеш ли къде живеехме? Кажи на господин Дървосекача къде живеехме.

– На „Норманди“ – отвърна сестрата с джинсите.

– „Норманди“. „Норманди“ 1216. Но ни писна да катерим стъпалата и дойдохме тук. Това е летният ни курорт, където идваме на пикник – засмя се той. – А знаеш ли къде живеехме още по-преди? Кажи му.

– На „Клипърс“ – отвърна сестрата.

– „Клипърс“, дамско и мъжко фризьорство. Та виждаш ли, лесно е да се живее в Сий Пойнт, стига да знаеш как. Кажи сега ти откъде идваш? Не съм те виждал преди.

К разбра, че е негов ред да говори.

– Прекарах три месеца в лагера Кенълуърт, до снощи бях там – започна той. – Някога бях градинар към Общината. Но това беше много отдавна. След това трябваше да напусна и да заведа майка си в провинцията – по здравословни причини. Майка ми работеше в Сий Пойнт, имаше си стая, даже минахме оттам на идване.

Докато говореше, отново му прилоша на стомаха, но успя да потисне гаденето.

– Почина в Стеленбош, по пътя – продължи той. Всичко се размаза пред очите му и отново се избистри. – Невинаги си дояждам – каза. Осъзна, че жената с бебето шепне нещо на мъжа. Другата жена бе изчезнала извън трепкащата светлина от свещта. Хрумна му, че досега не беше видял двете жени да си говорят една с друга. Също така си даде сметка, че собствената му история бе нищожна, незначителна, пълна с все същите празнини, които никога нямаше да се научи как да запълва. Или може би просто не умееше да разказва истории, да поддържа жив интереса на слушателите. Гаденето бе преминало, но потта, избила по тялото му, се вледеняваше и К започна да трепери. Затвори очи.

– Май че ти се доспа! – каза непознатият и го плясна по коляното. – Време е за сън! Утре ще си нов човек, ще видиш – и той отново плясна К, но вече по-леко. – Нищо ти няма, приятелю!

Направиха си постеля върху боровите иглички. Изглежда останалите имаха спално бельо, което извадиха от чантите и чувалите. Дадоха на К парче плътен найлон и му помогнаха да се увие добре в него. Опакован в найлона, облян в пот и треперещ, изтормозен от пищенето в ушите, К спа на пресекулки. Беше буден, когато посред нощ мъжът, чието име все още не знаеше, се наведе над него и лицето му закри върховете на дърветата и звездите. К си помисли: трябва да кажа нещо, преди да е станало късно – но така и не го направи. Ръката на непознатия се плъзна по гърлото му и се опита да разкопчае предния джоб на работния комбинезон. Пакетчето с тиквените семки изшумоля толкова силно, че на К му стана неудобно да се преструва на заспал. Измърмори нещо и се раздвижи. За миг ръката замръзна; малко след това мъжът се оттегли в мрака.

През останалата част от нощта К лежа буден и гледа как през клоните луната прекосява небето. На разсъмване изпълзя от твърдия найлон и отиде до мястото, където лежаха останалите. Мъжът спеше близо до жената с бебето. Самото бебе беше будно, играше с копчетата на майчината си фланела и гледаше К с безстрашни очи.

К разтърси мъжа за рамото.

– Може ли да получа обратно пакетчето си – прошепна той, като се опита да не събуди останалите спящи. Мъжът изръмжа и се обърна на другата страна.

К намери пакетчето няколко метра встрани. Лазейки, успя да събере около половината от разпилените семена. Прибра си ги в джоба, отказа се да търси останалите и си помисли: „Колко жалко – нищо няма да се хване под сянката на боровете." След това пое надолу по лъкатушещата пътека.

Мина по пустите утринни улици и слезе на плажа. Слънцето все още беше зад хълма и пясъкът бе студен на пипане. Затова К тръгна между скалите, като надничаше в малките заливи, образувани от прилива, където видя охлюви и анемони, живеещи свой собствен живот. След като му омръзна, К прекоси Бийч роуд и прекара един час подпрян на стената срещу старата квартира на майка си, в очакване някой от настоящите ѝ обитатели да се покаже. След това се върна на плажа, легна на пясъка и се заслуша в усилващото се пищене в ушите си, като не знаеше със сигурност дали това е туптящата във вените му кръв, или препускащите в главата му мисли. Имаше усещането, че нещо у него се е скъсало или се къса в момента. Какво точно се къса все още не знаеше, но усещаше, че онова, което преди смяташе у себе си за здраво като въже, сега е просмукано и разнищено, а двете усещания изглежда бяха свързани.

Слънцето светеше високо в небето. Бе се изкачило там за частица от секундата. К нямаше спомен за изминалите часове. „Трябва да съм заспал – помисли си, – или дори нещо по-лошо. Отсъствал съм, но къде съм бил?“ К вече не беше сам на плажа. Две момичета по бикини се печаха на няколко крачки от него, нахлупили шапки върху лицата си; имаше и други хора. Сгорещен и объркан, К закуцука към обществената тоалетна. Крановете продължаваха да са сухи. Смъкнал презрамките на комбинезона си, К седна гол до кръста в купчината навят пясък и опита да се съвземе.

Продължаваше да седи там, когато високият мъж влезе с една от жените, която К мислеше за втората сестра. Опита да се надигне и да се махне, но мъжът го прегърна:

– О, моят приятел господин Дървосекача! – възкликна той. – Колко съм щастлив да те видя! Защо си тръгна толкова рано тази сутрин? Не ти ли казах, че днес е големият ти ден? Виж какво съм ти донесъл! – и той извади от джоба си манерка с бренди. („Как е толкова спретнат, след като живее по баирите?“ – учуди се К.) Мъжът помогна на К отново да седне в пясъка.

– Довечера ще празнуваме – прошепна. – Ще видиш още много хора там – отпи той и му подаде манерката. К също отпи глътка. Тялото му отмаля, а главата му застина в блажено вцепенение. Отпусна се назад и заплува в собственото си опиянение.

Разнесе се шепот; някой разкопча най-долното копче на комбинезона му и пъхна вътре хладната си ръка. К отвори очи. Беше жената: коленичеше пред него и галеше пениса му. Избута ръката ѝ и се опита да се изправи, но мъжът му каза:

– Спокойно, приятелю. Това е Сий Пойнт, а днес ще се случват само хубави неща. Отпусни се и се наслаждавай. Удари още една глътка – и той остави манерката в пясъка до К, след което изчезна.

– Какъв е брат ти? – изломоти К с удебелен език. – Как се казва?

– Дисембър – отвърна жената. Правилно ли я чу? Проговаряше му за първи път. – Така пише в личната му карта. Утре може би ще има друго име. Друга карта и друго име, за да не може да го проследи полицията. – И тя се наведе и пое в уста пениса му. К се опита да я отблъсне, но пръстите му инстинктивно се отдръпнаха при допира на твърдата мъртва коса на перуката. И той се отпусна, а световъртежът и далечната влажна топлина го погълнаха.

След известно време, през което може и да бе поспал, видя, че жената лежи в пясъка до него и продължава да държи в ръката си члена му. Без сребристата перука изглеждаше по-млада. Устните ѝ все още бяха влажни.

– Наистина ли ти е брат? – смотолеви К, мислейки си за мъжа, който чакаше отвън.

Жената се усмихна. Като се облегна на лакет, тя опитно го целуна, разделяйки устните му с език. После енергично стисна пениса му.

След като всичко свърши, К почувства, че е редно да каже нещо и заради нея, и заради себе си, но думите му се разбягваха. Покоят, който го беше обзел от брендито, изглежда започваше да го напуска. Отпи от манерката и я подаде на момичето.

Над главата му се надвесваха някакви силуети. Отвори очи и видя същото момиче, но вече с обувки. До нея стоеше мъжът, брат ѝ.

– Поспи си, приятелю – каза му той с глас, който сякаш идваше от много далече. – Ще се върнем довечера и ще те заведем на празненството, както ти обещах. Там ще има много храна и ще видиш как се живее в Сий Пойнт.

К си помисли, че най-накрая са си тръгнали, но мъжът се върна, наведе се и му прошепна в ухото няколко последни думи:

– Трудно е – каза той – да си добър с човек, който не иска нищо. Не трябва да се страхуваш да си поискаш каквото ти е нужно и ще го получиш. Такъв е съветът ми към теб, слаби мой приятелю – и той леко потупа К по рамото.

Останал най-сетне сам, треперещ от студ, с пресъхнало гърло и със срама от преживяното с жената, който дебнеше като сянка в крайчеца на мислите му, К се закопча, излезе от тоалетната и отиде на плажа, където слънцето залязваше, а момичетата по бикини се стягаха да си тръгват. Газенето в пясъка беше по-мъчително от преди; в един момент дори загуби равновесие и залитна настрани. Чу камбанката на сладоледаджията и се втурна след него, след което обаче се сети, че няма пари. За миг умът му се избистри достатъчно, за да осъзнае, че му е зле. Изглежда температурата му варираше. Беше му едновременно студено и горещо, ако това бе възможно. След малко пред очите му отново се спусна пелена. Застана в подножието на стъпалата и се хвана за парапета, докато двете момичета минаха покрай него, извърнаха поглед встрани и – стори му се – притаиха дъх. Гледаше ги в гръб как се катерят по стъпалата и за голямо свое учудване изпита порив да зарови пръстите си в меката им плът.

Пи от чешмата зад „Кот д'Азур" и докато пиеше, затвори очи и си представи студената вода, която слизаше от планината и пълнеше резервоара над Де Ваал Парк, след което минаваше по дългия километри водопровод в тъмната земя под улиците, за да избликне тук и да утоли жаждата му. Тъй като не можа да се сдържи, К облекчи нуждата си и отново се наведе да пие. Олекнал до степен, в която не беше сигурен дали краката му стъпват по земята, той остави зад гърба си последните слънчеви лъчи, хлътна в тъмния коридор и без да се колебае натисна дръжката на вратата.

В стаята, където бе живяла майка му, имаше нахвърляни мебели. Щом очите му свикнаха със здрача, той забеляза купчина столове от тръбно желязо, която се издигаше до тавана, огромни сгънати плажни чадъри, бели пластмасови маси с дупки по средата, а близо до вратата – три боядисани гипсови статуи: елен с шоколадовокафяви очи, джудже с кожено елече, бричове до колените и зелена шапка с пискюл, както и най-голямата статуя – същество с дървен нос, в което разпозна Пинокио. Всичко наоколо беше покрито със слой белезникав прах.

Воден от миризмата, К се зарови в тъмния ъгъл зад вратата. С опипване откри смачкано одеяло върху легло, направено от разгънати кашони, проснати на голия под. Препъна се в празна бутилка, която се изтъркoли встрани. От одеялото се разнасяше сладникавата миризма на вино, цигарена пепел и застояла пот. К се уви в одеялото и легна. В момента, в който се настани, пищенето в ушите му се появи, а в слепоочията му затуптя познатото старо главоболие.

„Е, върнах се" – помисли си той.

Зави първата сирена, обявяваща полицейския час. Във воя ѝ се включиха още сирени от целия град. Какофонията се усилваше, докато в един момент заглъхна.

К не можа да заспи. Пряко волята му споменът за короната сребриста коса, надвиснала над члена му, се завърна, както и сумтенето на момичето, докато си вършеше работата. Превърнах се в обект на милосърдие, помисли си той. Където и да отида, все се намират хора, които да упражняват милосърдието си върху мен. Толкова години минаха, а явно продължавам да изглеждам като сирак. Отнасят се с мен като към децата от „Якалсдръф“ – с готовност ги хранеха, тъй като бяха прекалено малки, за да са виновни за каквото и да било. От децата очакваха в замяна единствено да измърморят едно благодаря. От мен искат нещо повече, защото по-дълго съм живял на този свят. Искат да си отворя сърцето и да им разкажа историята на живота си, прекаран в клетки. Искат да чуят за всички клетки, в които съм живял, като че ли съм папагал, бяла мишка или маймуна. Ако в „Хъйс Нcorreниус“ се бях научил да разправям истории, вместо да беля картофи и да събирам числа, ако ме бяха карали всеки ден да се упражнявам в разказването на историята на собствения си живот, докато стоят над мен с пръчки в ръце, а аз говоря без да заеквам, щях да знам как да задоволя слушателите си. Щях да разказвам историята на един живот, изминал в затвори, в които прекарвах ден след ден, година след година, с чело, опряно в телената мрежа, зареял поглед в далечината, копнеещ за преживявания, каквито никога нямаше да имам; затвори, където надзирателите ме наричаха с обидни прякори, ритаха ме в задника и ме пращаха да бърша пода. Когато свършех да разказвам историята си, хората щяха да клатят глави, да съжаляват, да се ядосват, да ме хранят и поят; жените щяха да ме приласкават в леглата си и да ме прегръщат майчински в тъмното. Истината обаче е, че съм градинар – най-напред работех за Общината, после за себе си. А градинарите прекарват живота си с носове, забити в земята.

К неспокойно се мяташе в леглото от кашони. Откри, че се възбужда да повтаря отчаяно на висок глас – *истината, истината за мен е, че съм градинар*. От друга страна, не беше ли странно за един градинар да спи в килер, обграден от плисъка на морските вълни?

По-скоро съм като земен червей, помисли си той. Който също е вид градинар. Или пък къртица – пак градинар, който не разказва истории, защото живее в тишина. Но що щат земният червей или къртицата върху циментовия под?

Опита се да отпусне тялото си сантиметър по сантиметър, както умееше да прави едно време.

Поне, помисли си, не съм някой умник, който да се върне в Сий Пойнт и да разказва измишльотини за това как са го пребивали в лагерите, докато е станал тънък като вейка и се е превърнал в идиот. От самото начало си бях ням и глуповат – ням и глуповат ще си остана докрая. Няма нищо срамно в това да си слабоумен. Вкарваха слабоумните зад решетките, преди да започнат да затварят който и да било друг. Сега има лагери за деца, чиито родители са избягали, лагери за хора, които буйстват и от устата им излиза пяна, лагери за хора с големи глави или с малки глави, лагери за хора, които нямат средства да се препитават, лагери за хора, прогонени от земята си, лагери за хора, подслонили се в канавките, предвидени за наводнения, лагери за улични момичета, лагери за хора, които не могат да съберат две и две, лагери за хора, забравили документите си вкъщи, лагери за хора, които живеят в планините, а нощем взривяват мостове. Може би истината е, че на човек му стига да е извън лагер, извън всички лагери, взети заедно. Може би това е достатъчно постижение в момент като този. Та колко са хората, които нито са затворени, нито стоят на портала, за да пазят затворените? Избягах от лагерите; може би, ако успея да се снишa достатъчно, ще избягам и от милосърдието.

Грешката ми е – помисли си той, връщайки се назад във времето, – че нямах достатъчно семена, по едно пакетче различни семена във всеки джоб: тиквени семена, семена от тиквички, боб, семена от моркови, семена от цвекло, семена от лук, семена от домати, семена от спанак. Семена също и в обувките, в хастара на палтото, в случай, че ме застигнат крадци. Другата ми грешка беше, че засадих всичките си семена на едно-единствено парче земя. Трябваше да ги засея едно по едно, на педя разстояние, но в продължение на километри навътре в полето. Трябваше да нарисувам карта, с която никога да не се разделям, така че всяка нощ да обикалям насажденията и да ги поливам. Ако има нещо, което научих от живота си в полето, то е, че там има време за всяко нещо.

(Това ли е поуката – помисли си той, – поуката от цялата история: че има време за всяко нещо? Така ли се появяват поуките – непризовани, в хода на събитията, когато най-малко ги очакваш?)

Спомни си за фермата, за сивите трънаци, за каменистата почва, за наниза от хълмове, за планините, пурпурни и розови в далечината, за огромното застинало празно небе, за сивокафеникавата земя под слънцето, по която, ако внимателно се взреш, изведнъж ще откриеш тук-там стръкче свежа зеленина, листо от тиква или метличката на морков.

Който и да беше този, който не съблюдаваше полицейския час и се връщаше когато му скимне, за да спи в миризливия ъгъл (К си го представяше като дребно старче, прегърбено, с бутилка в джоба, което непрестанно си мърмори нещо под мустак, старче от ония, дето полицията не им обръща никакво внимание), не беше изключено да му е омръзнал животът край морето и да иска да попътува из провинцията, ако си намери водач, който да познава пътищата. Можеха да спят в едно легло тази нощ – и преди се е случвало, – а рано сутринта да тръгнат по задните улички и да си намерят някоя зарязана количка; и ако имат достатъчно късмет, към десет часа̀ вече ще летят по шосето, като не забравят да спрат някъде и да купят семена и едно-две други неща, а и може би ще заобиколят Стеленбош, който очевидно е град с лоша орисия.

И ако старецът слезе от количката и се протегне (нещата вече набираха сила), а после се загледа натам, където едно време стърчеше помпата, взривена от войниците, и се разхленчи „Ами какво ще правим без вода?“, то тогава той, Майкъл К, ще извади лъжичка от джоба си, чаена лъжичка и голямо кълбо връв. Ще почисти отвора на шахтата, ще огъне дръжката на лъжичката, за да образува клуп, през който да прокара връвта, ще я пусне в шахтата, надълбоко в земята, а когато я извади, в лъжичката ще има вода. „Ето, дори и така – ще каже той – може да се живее.“

Дж. М. Кутси

ЖИВОТ И СТРАДАНИЯ НА МАЙКЪЛ К
роман

Преводна
Първо издание

Превод от английски: *Надежда Радулова*

Редактор: *Жени Божилова*
Художник: *Христо Гочев*
Коректор: *София Несторова*

Формат 60/84/16
Печатни коли 14.5

Предпечатна подготовка:
Студио Стандарт ЕООД – Пловдив, тел. 032/60 90 50

Печат: Полиграфически комплекс Жанет 45 – Пловдив
бул. Ал. Стамболийски № 9, тел. 032/60 90 90

Издателска къща Жанет 45 ООД – Пловдив
бул. Ал. Стамболийски № 9, тел./факс: 032/60 90 60
www.janet45.com

ISBN 978-954-491-601-5